Die Tote im Häs

Jürgen Ernst

Die Tote im Häs

Der Täleskrimi

messidorverlag

Für Jenny, Miri und Micha

Und natürlich
Rudi, Oli, Michi, Joa, Walter, Wolfgang –
auch Euretwegen bin ich hier.

*Wenn die Welt Dir egal ist,
bist Du es ihr auch.*

Tom Liwa

Die Handlung dieses Buches ist frei erfunden. Ähnlichkeiten mit lebenden Personen, Institutionen und Gebräuchen sind nicht ausschließlich zufällig, aber immer wohlwollend gemeint. Sollten sich Fehler eingeschlichen haben, so tut mir das leid.

szene 1

Matchball! Zum ersten Mal überhaupt hatte Willi Waitzl die Chance die Nummer 1 in seiner Tennismannschaft, Kai Stenzel, zu besiegen, als ihn das Klingeln seines Mobiltelefons aus diesem süßen Traum riss. Widerwillig drehte er sich im Bett zum Nachtkästchen, sah, dass es 4 Uhr morgens war und überlegte das Telefon zu ignorieren und zu versuchen den Traum zu Ende zu bringen. Aber es hörte und hörte nicht auf zu klingeln und bei Waitzl, der in den letzten 30 Jahren mit seinem Sanitärgeschäft zahlreiche Stammkunden gewonnen hatte, siegte das Pflichtbewusstsein.

»Sakra, i mecht oamal mei Ruah ham«, fluchte er in schönstem Oberbayerisch und meldete sich. »Herr Waitzl, hier isch die Gertrud Aierle aus Wiesensteig. Sie müsset mich rette, wir hent en Wasserrohrbruch im Bad«.
»Liebe Frau Aierle, das prophezeie ich Ihnen schon seit 10 Jahren, aber Sie wollten ja nicht auf mich hören, und außerdem mache ich keinen Notdienst.« »Aber wo soll i denn jetzt en Notdienst auftreibe, und Sie send doch in zehn Minute do.«

Tatsächlich lebte Waitzl in Gosbach, nur 5 km von Wiesensteig entfernt. Als er der Liebe wegen vor fast 40 Jahren von Freising auf die Schwäbische Alb, ins obere Filstal, zog, hätte er sich nicht träumen lassen, hier, in Baden-Württemberg, als Oberbayer, durch und durch ein FC Bayern-Fan, eine neue Heimat zu finden, die er definitiv auch nicht mehr verlassen würde.

»Ja mei, dann i komm scho.« 20 Minuten später, im Badezimmer des alten Einfamilienhauses in der Seltelstraße in Wiesensteig sah er die Bescherung. Aus den rissigen Fugen der Fliesen unter dem Waschbecken floss das Wasser und stand bereits zentimeterhoch auf dem Boden. Er stellte erstmal das Wasser ab und machte sich ans Werk. Die Leitungen lagen hinter einer Rigips-Verkleidung und er hatte nur wenig Mühe die bereits aufgeweichte Wand zu durchbrechen.

Als er ein etwa 40 cm großes Loch durchgeschlagen hatte, leuchtete er mit seiner Taschenlampe in den Hohlraum, der zu seiner Überraschung viel größer war, als er angenommen hatte.

»Do verreckst, was is denn des?« Voller Entsetzen blickte Waitzl am anderen Ende des etwa eineinhalb Meter breiten Raumes auf einen Totenkopf und das dazugehörige Skelett, das vereinzelt noch von Stoffresten verhüllt war. Er hatte schon vieles gesehen in seinem Berufsleben, aber eine Leiche, in einer, hinter dem Badezimmer versteckten, Kammer? Nein, das ging über sein Fassungsvermögen. Das Skelett lag quer im Raum, mit dem Schädel leicht erhöht an der Wand und er hatte das Gefühl, dass ihn der Totenkopf direkt ansah. Um Himmels willen, wo bin ich hier reingeraten, dachte er und floh aus dem Badezimmer. Er hatte wirklich schon viel erlebt in seinem Beruf und überlegte sogar in seinem Ruhestand ein Buch über seine Erlebnisse mit dem Titel »Wasser marsch« zu schreiben, und darin würde diese Leiche, das Skelett nun definitiv eine prominente Rolle einnehmen.

»Frau Aierle, rufens sofort die Polizei an.«»Wieso, send sie verrückt, was isch passiert?«»Sie ham a Leich im Haus! Hinterm Bad is a Kammer und dorten is a Leich!«

Willi Waitzl übernahm dann doch selbst den Anruf, und wie er bereits befürchtet hatte, wurde er von der Polizeistation in Deggingen nach Göppingen umgeleitet.»Hörens, wir ham hier in Wiesensteig an Notfall, a Leich, na a Skelett.«»Ein Skelett, also kein Notfall. Wir haben hier gerade Personalmangel. Ich werde die Kollegen in Deggingen privat anrufen,« antwortete wenig enthusiastisch die Polizistin von der Leitstelle. Waitzl fluchte leise vor sich hin und ergab sich seinem Schicksal. Er würde wohl noch länger hier verbringen müssen.

szene 2

Als die beiden Polizeiobermeister Jäger und Kienzle aus Deggingen eine starke Stunde später, kurz nach sechs, im Hause Aierle ankamen, trafen sie auf eine aufgelöste Hausherrin und einen sichtlich um seine Fassung bemühten Willi Waitzl, der inzwischen Kaffee gemacht hatte und beruhigend auf die sicherlich über achtzigjährige, aber offensichtlich noch ganz fitte Frau Aierle einsprach.

»Wie kann denn des sei? Mir hent doch des Haus vor über dreißig Johr kauft und da war alles in Ordnung. Des gibt's doch net.«

Andreas Jäger, der den Sanitärmeister Waitzl kannte, wandte sich an ihn und fragte: »Was ist denn los? Sie haben bei Ihrem Anruf von einer Leiche gesprochen. Wo soll die sein?« »Oh, Herr Wachtmeister, entschuldigens, dass ich Sie rausklingeln musste. I bin ja a nur ungern komma. Aber die Frau Aierle hot's so dringend gmacht, und sie ist ja a guade Seel. Ganz ehrlich, i war auf einen Wasserrohrbruch gefasst, aber net auf des, was da oben im Badezimmer ist. Wenn's plötzlich einem Skelett in'd Augn schaun, do werd's ehna scho ganz anders.« »Ja, was denn, dann lassen Sie uns das anschauen, da bin ich aber gespannt.« Während Joachim Kienzle bei der alten Dame blieb, gingen die beiden ins Bad und als Jäger mit seiner Taschenlampe in die Öffnung unter dem Waschbecken leuchtete, wich er sofort erschrocken zurück. »Oh, verdammt, tatsächlich!« Und gleichzeitig mit einem gewissen Maß an Erleichterung in seiner Stimme: »Aber das ist nichts für uns, da muss die Kripo her.« »Und was mach i jetzt?« wollte Waitzl wissen, der sich zum wiederholten Male verwünschte, den Anruf entgegengenommen zu haben. »Sie bleiben hier, Sie sind Zeuge!« Kruzifix, Zeuge von was, dachte Waitzl und überlegte, wie er den Tag jetzt organisieren, seine Frau Ingeborg und seine Mitarbeiter informieren sollte.

szene 3

Kriminalhauptkommissar Jochen Schneider war alles andere als ein Frühaufsteher, und gestern Abend war er mal wieder viel zu lange im Clochard gehockt, wo seine Lebensgefährtin Geli oft länger arbeiten musste, seit Jürgen Bäumle, der legendäre Wirt dieser Geislinger Institution, gesundheitlich nicht mehr so auf der Höhe war. Auch wenn bei ihm das Telefon drei Stunden später als bei Willi Waitzl klingelte, war er überhaupt nicht erfreut darüber. Seine Stimmung verdüsterte sich noch mehr, als er seine Büronummer, die der Göppinger Kripo erkannte.

»Das ist jetzt nicht Dein Ernst! Erstens: was willst Du? Zweitens: was machst Du überhaupt schon im Büro?« »Zweitens: ich verbringe meine Abende nicht in einer Kneipe für rührselige Altfreaks und bin deshalb morgens fit. Und Erstens: wir haben eine Leiche, besser gesagt ein Skelett« schallte die Antwort seiner neuen Kollegin Doreen Zoschke aus dem Hörer. »Ein Skelett? Und deshalb weckst Du mich zu nachtschlafender Zeit? Das kann ja wohl warten, und warum sollen wir uns überhaupt darum kümmern?«

»Weil, mein Gutster, das Skelett eingemauert war, in einem Haus in Wiesensteig.« »Weißt Du überhaupt nach Deinen ersten drei Wochen, wo das ist?« »Lieber Jochen, ich habe mich auf meinen Job hier vorbereitet und fahre jetzt los – und zwar mit dem Rad.« »Hä, spinnst Du jetzt völlig? Ich steh ja schon auf und Du holst mich mit dem Daimler ab.« »Die A8 von München ist völlig dicht und Du stehst von Bad Ditzenbach an im Stau. Da fahr ich lieber mit dem Rennrad auf der Bahnstrecke – 18 Kilometer, Dreiviertelstunde.«»Und ich?«»Selbst ist der Mann – ciao, bis später. Adresse hat die Bechtle im Sekretariat.«

Doreen Zoschke war tatsächlich erst vor drei Wochen aus Zwickau ins Kommissariat nach Göppingen gekommen – und gleich von Beginn an in Geislingen eingesetzt worden, wo sich ein kleines Team auf dem dortigen Polizeirevier vorübergehend eingenistet hatte. Sicherlich nicht ohne Zutun ihres Kollegen Schneider, der eingefleischter Geislinger war. Der offizielle Grund dafür war eine Ermittlung in der organisierten Kriminalität, für die es in der Fünftälerstadt eindeutige Anzeichen gab. Schneider war geradezu besessen davon,»sein« Geislingen von dieser Plage freizuhalten.

Aber sie hatte die Zeit, seit ihre Versetzung nach Baden-Württemberg feststand, intensiv genutzt, um sich mit ihrer neuen Umgebung vertraut zu machen und nicht als die ahnungslose Ossitante dazustehen. Wobei, das mit der Ossitante ging ihr eh längst am Arsch vorbei. Sie hatte in Hamburg an der Polizeihochschule für den gehobenen Dienst studiert, sie wusste, was sie konnte und wer sie war. Eine selbstbewusste und, ohne Arroganz, attraktive Frau von 34 Jahren, die ihren Job gut fand und ihn auch gut machte. Zwickau war für sie zu Ende, der Exmann sowas von abgehakt, die Kollegen, also die männlichen, genauso weinerlich wie viele der Leute dort. Und was ihr unendlich auf den Geist ging, war das Nazigesocks, das sich überall breit gemacht hatte.

Sie packte ihr Zeug in den Rucksack, holte den Helm aus dem Schrank und rief Irene Bechtle zu:»Gibst Du dem Schneider die Adresse in Wiesensteig durch? Ich fahr schon mal los.«»Ach, war's mal wieder eine lange Nacht bei ihm?

Klar, mach ich« antwortete Bechtle, die die neue Kollegin sofort sympathisch gefunden hatte.

Doreen packte ihr geliebtes Pinarello-Rennrad, das sie immer mit hoch ins Büro nahm, unter den Arm und ging nach draußen. Es war ein schöner, milder Septembermorgen und durchtrainiert, wie sie war, würde sie nicht allzu sehr ins Schwitzen kommen.

Jochen Schneider hatte sich inzwischen einen Kaffee aufgebrüht, einen Blick in die NWZ geworfen und nach Geli geschaut, die selten vor 3.00 Uhr nach Hause kam. Natürlich schlief sie noch und er konnte sich jetzt überlegen, wie er nach Wiesensteig kam. Erster Kriminalhauptkommissar Schneider, so sein offizieller Titel, war ein Geislinger Urgestein, 56 Jahre alt, und seit fast 30 Jahren bei der Göppinger Kripo. Er mochte die Leute, die Gegend und hatte nie das Bedürfnis gehabt woanders Karriere zu machen. In Geislingen, im Filstal, auf der Schwäbischen Alb ließ es sich gut leben, gut essen und die Natur war zwar nicht so spektakulär wie in den bayerischen Alpen, aber für ihn war die Alb einfach schön. Und das Täle war ein besonderes Schmuckstück, von der Landschaft her, und er war auch gerne in den Dörfern, Gosbach zum Beispiel, die hatten sich richtig schön gemacht. Wiesensteig mit seinen Fachwerkhäusern und Reichenbach, Deggingen mit ihren alten Bahnhöfen und immer noch vorhandenen Geschäften und Kneipen und Überkingen sowieso.

Er überlegte noch kurz, ob er die Kleider von letzter Nacht noch einmal anziehen sollte, roch an seinem T-Shirt und unter seiner Achsel und stieg ganz schnell unter die Dusche, zog sich seine Zweitlieblingsjeans, T-Shirt und das Sweatshirt mit dem Athletic Bilbao Logo an. Geli und er hatten den letzten Urlaub im Baskenland verbracht, sich 10 Tage lang von unglaublich guten Pintxos ernährt und den Abschluss in der Vereinsbar von Athletic Bilbao verbracht, einem Verein, der in der spanischen Liga immer oben mitspielte, obwohl er ausschließlich baskische oder ausländische Spieler unter Vertrag nahm – aber niemals spanische. Auch wenn Geli seine VfB-Anhängerschaft verstand – seine plötzliche Begeisterung für spanische, nein baskische Teams konnte sie nicht nachvollziehen. Dafür interessierte sie sich natürlich zu wenig für Fussball. Aber es war jetzt nicht der richtige Zeitpunkt sich in Urlaubserinnerungen zu verlieren.

Nutzt ja nix, dachte er, bevor ich jetzt noch hoch in die Stadt fahre und die Dienstkarre hole, fahre ich mit meinem Wagen los. Er wohnte in Altenstadt, dem 1912 eingemeindeten Stadtteil und war schnell auf der B 466 Richtung Goisatäle, wie der obere Teil des Filstals genannt wurde, weil dort die Hänge so steil waren, dass die Bauern früher keine Kühe, sondern nur Ziegen halten konnten.

Natürlich hatte Doreen recht, die Verkehrssituation rund um Mühlhausen im Täle war seit Jahren eine Katastrophe und wenn heute Morgen schon wieder Stau war, wunderte es ihn nicht. Hammer, dachte er, wie die Neue sich schon auskennt.

szene 4

In der Zwischenzeit hatte Willi Waitzl fast die Geduld verloren. Seit über drei Stunden war er nun im Haus der ja eigentlich sehr netten Frau Aierle, der er, als ihr Mann noch lebte, vor zehn Jahren eine neue Heizung eingebaut hatte und seither regelmäßig die Wartung machte. Aber Frau Aierle war jetzt ein Nervenbündel und er Sanitärfachmann und kein Sozialarbeiter, und außerdem gab es für ihn so viel zu tun, dass vier Stunden verlorene Zeit ihn richtig in die Bredouille brachten.

Die beiden jungen Polizisten standen nur tatenlos rum, beharrten aber darauf, dass er bleiben musste, bis die Kripo eingetroffen war. »Leit, Ihr könnts mich jederzeit erreichen. Aber eins weiß ich sicher, der Tote da drin ist scho länger tot. Ich bin kein Zeuge, sondern nur der Depp, der die Leich gfundn hot.« Zwischen Verständnis und Pflichtbewusstsein schwankend, atmeten die beiden Polizeiwachtmeister auf, als endlich die Hausklingel läutete und eine junge, leicht verschwitzte Frau sich als Hauptkommissarin Zoschke vorstellte, und um einen Lagebericht bat.

Bevor sie loslegen konnten, klingelte es wieder und Jochen Schneider stand vor der Tür. »Wie um alles in der Welt hast Du jetzt das gemacht?« Schneider grinste seine Kollegin an und meinte: »Mit etwas Ortskenntnis kommst Du manchmal auch ans Ziel, Ditzenbach rechts ab, über Auendorf und Gruibingen, schon bin ich da!« Der junge

Kienzle konnte sich nicht verkneifen einzuwerfen: »A bissle Glück ghört aber dazu, normalerweise hent Sie von Gruibingen her auch Stau.«
»Wir sind jetzt aber nicht hier, um den Verkehr zu diskutieren, oder? Also meine Herren, was ist Sache?«

Nach kurzer Berichterstattung durch die uniformierten Kollegen und einem ersten Blick in den Mauerdurchbruch im Bad, wandten sich die beiden Kommissare an Willi Waitzl und Gertrud Aierle. »Jetzt erzählen Sie mal, wie haben Sie die Leiche gefunden? Und was glauben Sie – wie ist die da reingekommen? Und entschuldigen Sie kurz, Doreen, würdest Du die Spurensicherung informieren? Einen Arzt brauchen wir ja wohl nicht mehr«. »So, jetzt, Frau Aierle, seit wann wohnen Sie denn hier, haben Sie das Bad hier gebaut?« Willi Waitzl kam der immer noch völlig verstörten Frau zu Hilfe: »Die Aierles sind hier vor ungefähr dreißig Jahren eingezogen und ich habe vor zehn, zwölf Jahren eine neue Heizung eingebaut und dabei auch empfohlen die Wasserleitungen neu zu machen, die sind längst fällig. Aber das war damals dem Herrn Aierle zuviel. Und jetzt haben wir den Salat.«

»Besser wir haben die Leiche jetzt gefunden als nie« bemerkte Doreen Zoschke trocken, »die Spurensicherung kommt.« »Herr Waitzl, ich glaube, Sie haben hier schon lange genug gewartet, wir müssen sicher noch einmal mit Ihnen sprechen, aber erstmal vielen Dank.« Schneider empfing einen dankbaren Blick und Waitzl wollte sich endlich an sein Tagwerk machen, als ihn der Kommissar aufhielt: »Moment noch, wenn Sie das Bad nicht gemacht haben, was schätzen Sie, wie lange ist das her?« »Von den Rohren her, mindestens 40 Jahre, danach hat man ja auf Plastikrohre umgestellt.«»Also bevor die Aierles hier eingezogen sind?«»Ja, ganz sicher! Aber es muss schon länger feucht gewesen sein, als ich die Leitung freigelegt habe, war das hintere Mauerwerk schon ganz zerbröselt.«

»Frau Aierle, was machen wir jetzt mit Ihnen? Das Bad können Sie, ganz unabhängig vom Wasserrohrbruch, in nächster Zeit nicht benutzen, wir müssen das jetzt erstmal genauer untersuchen. Haben Sie Kinder, Freunde, wo Sie unterkommen können?«»Ja, mei Tochter, die Conny, wohnt in Neidlingen, die wird wohl eh gleich vorbeikomme. Mit der Leich em Haus, will i sowieso et do bleibe. Obwohl, die war ja die letzte 30 Johr au do.«

szene 5

Sven Schöttle, der Leiter der Spurensicherung hatte trotz seines Berufes ein sonniges Gemüt, arbeitete gerne mit Schneider zusammen und hatte auch schon die neue, und in seinen Augen äußerst attraktive, Kollegin kennengelernt. »Einen wunderschönen guten Morgen liebe Kollegen. Heute mal was ganz Spezielles? Leichenfund aus dem Mittelalter? Ihr wisst schon, dass hier in Wiesensteig besonders viele Hexen verbrannt worden sind?« »Und die Hexen hatten hier schon fließend Wasser und Bad mit Waschbecken?« »Oh, der Herr Kommissar ist schlecht gelaunt? Zu lange im Clochard gesessen?«
»Ok, kein Kommentar vom Herrn Kommissar. Jungs und Mädels – an die Arbeit!« sagte Schöttle zu seinen KollegInnen »Dich brauchen wir dann nicht mehr, wir berichten nachher auf der Dienststelle.« »Willst Du uns so schnell loswerden? Nur mich oder auch Doreen?« »Nein, Doreen kann natürlich bleiben, sie ist ja auch besser drauf als Du. Im Ernst – wir können gerne noch einen gemeinsamen Blick werfen, aber was erwartet Ihr Euch davon?« »Na ja, die Leiche hatte einen merkwürdigen Kleidergeschmack, irgendwie alles voller Fransen. Vielleicht siehst Du da gleich was.«

»Phh, da ist ja nicht viel übriggeblieben, war wohl schon länger feucht hier drin, aber auf den ersten Blick würde ich sagen, wir haben es tatsächlich mit einer Hexe zu tun, einer Fasnetshexe. Ich kann hier aber nichts erkennen, im Labor kann ich Euch dann hoffentlich sagen, in welcher Zunft sie war.«»Fasnetshexe? Zunft?« fragte Doreen,»was ist das denn? Wovon redet Ihr?«»Ha, erwischt, Du Alleswisserin. Fasnet, Fasching, Karneval, schon mal gehört? Aber das gibt's ja in Sibirien nicht.«»Stopp Jochen, Du weißt, dass ich da wegwollte, aber bitte keine Beleidigungen!«»Ja, sorry hast recht, lass uns gehen und ich kläre Dich auf der Fahrt über die Bräuche und Rituale der hiesigen Eingeborenen auf.«»Wie soll das gehen? Ich nehme Dich auf dem Rad huckepack?«»Oder wir nehmen Dein Rad in meinem Wagen huckepack?«

Als die beiden das Rad verstaut hatten, wollte Doreen wissen:»Aha, und dann geht's hier im Karneval ab wie in Köln oder Düsseldorf?«»Wir sagen Fasnet. Und nein, eher nicht. Irgendwie ist das hier nicht so oberflächlich. Ja klar, die Leute pfeifen sich einen rein, sind gut drauf, aber sie kennen sich. War früher nicht so mein Ding, aber ich muss zugeben, es hat schon was. Und es verbindet die Leute hier. Weißt Du, die sind in Narrenzünften vereinigt, die ihre Traditionen haben. In jedem Ort gibt es eine Narrenvereinigung in der die Geschichte ihres Fleckens, also ihres Dorfes aufgegriffen wird. Und ich muss echt sagen, das ist mehr als reine Folklore. Wenn ich denke, dass es heute in den Städten kaum noch Identifikationsmöglichkeiten mehr gibt – ist das schon gut.«»Dann hat jedes Dorf seine eigene Kluft«.»Ja, Häs, wie wir sagen. Also müssten wir zumindest schnell herauskriegen, wo das Skelett, sorry die Leiche, herkam. Ist doch echt scheiße, dass da jemand jahrzehntelang eingemauert war und keinen juckt's.«»Das glaube ich nicht, das Häs, wie Du sagst, zeigt uns doch, dass er oder sie aus der Gegend war – also muss sich auch jemand gesorgt haben. Sobald wir die ersten Infos von der Spusi und den Leichenfledderern haben, können wir die Vermisstenmeldungen der letzten hundert Jahre checken.« »Ja super, dann vergraben wir uns in den nächsten Wochen im Büro, die Wetteraussichten sind eh zum Kotzen. Immerhin konntest Du heute noch die alte Bahnstrecke mit dem Rad fahren. Habe ich noch nie gemacht. Wie war's denn?« »Echt??? Da kommen die Leute hunderte von Kilometern angefahren, um diese Strecke zu radeln, und der Herr Kommissar verbringt seine freie Zeit lieber in einer Spelunke? Du weißt anscheinend gar nicht, wie schön es hier ist.« »Doch, das weiß ich schon, bin früher viel gewandert, aber nach dieser Scheißherzgeschichte, traue ich mich einfach nicht mehr.« »Du weißt schon, dass Du gerade dann aktiv sein solltest, Mann, reiß Dich mal hoch!« »Ja, schon, weiß ich ja, aber wenn die Geli um drei nach Hause kommt, reden wir immer noch ein bisschen, und dann muss ich schon bald wieder aufstehen, und bin nachmittags todmüde.« »Scheiße, ja. Da musst Du was machen. Aber jetzt haben wir erstmal einen Mordfall, mit unbekanntem Opfer, unbekannter Tatzeit und logisch, unbekanntem Täter.«

Schneider fasste kurz zusammen. »Ok, was ist unsere beste Spur, bevor wir die DNA haben? Das Häs, oder? Sobald wir rauskriegen, zu welcher Zunft er oder sie gehört hat, sind wir einen Schritt weiter.« »Ah sorry, Schöttle hat sich schon gemeldet, es ist eine sie. Ihr Alter und weitere Infos folgen.«

»Na dann mal los! Wer ist der größte Narr von uns im Filstal? Wer kennt die ganzen Vereine und ihre Kostüme?« »Da musst Du wohl selbst ran. Ich bin ja die Ossitussi!« »Die Bechtle soll sich mal schlau machen, was es da so alles gibt.«

szene 6

Zurück in Geislingen empfing sie eine aufgedrehte Irene Bechtle. »Erste Recherche und ich habe zu bieten: Hommelhenker, Mühlenhexen, Leirakiebl, Breithutgilde, Filstalhexen und so weiter. Nur zwischen Wiesensteig und Deggingen, plus Auendorf und Hohenstadt gibt es mehr als zehn Zünfte. Wenn Ihr eine Maske gefunden habt – wird das easy.« »Nein, haben wir nicht, das wird dann nicht easy, sondern luschtig,« meinte Schneider und sah dabei gar nicht so belustigt aus. »Aber auch falls uns die DNA bald ein Ergebnis liefert, werden wir uns wohl ins Fasnetsgetümmel stürzen müssen. Die sollen uns aus dem Labor ein paar Fotos mit den Stoffresten schicken. Dann legen wir mal los, einen anderen Ansatz haben wir ja nicht. Wir können bloß hoffen, dass die Tote auch aus der Gegend war, an den Umzügen machen ja viele mit.«

»Da fällt mir ein, da gibt es doch in Göppingen bei der Bereitschaftspolizei einen zivilen Kollegen, der bei denen den Laden in Schuss hält, der hat mir mal erzählt, dass er bei den Narren in Auendorf mitmacht. Wie heißt der nochmal?« Irene Bechtle, deren Gedächtnis und Allgemeinwissen manchen Kollegen dazu veranlasste, statt einer Googlerecherche besser sie zu fragen, antwortete prompt: »Ja, das ist der Wolfgang Heller, der wohnt in Ditzenbach und kennt Gott und die Welt. Der hilft Euch sicher weiter! Ich hab seine Nummer irgendwo gespeichert, soll ich ihn gleich anrufen und mit Dir verbinden?«»Nein, ich melde mich dann später bei ihm, Hauptsache er ist schon mal informiert.« »Und was mache ich?«»Liebe Doreen, Du machst einen Blitzkurs in Schwäbisch und wir teilen uns die Zünfte auf.« »Bist Du verrückt? Ich habe echt noch Probleme die Leute zu verstehen und jetzt soll ich mich ins tiefste Brauchtum begeben?«»Sei koi Bähmull ond schtreng de halt a bissle a,« meinte Schneider, der, wenn er wollte, auch gerne wieder in seinen Dialekt zurückfiel.»Ja genau das meine ich, ich verstehe kein Wort, was soll ich nicht sein?«»Erkläre ich Dir bei nächster Gelegenheit. Jetzt lass uns Mittag machen und überlegen, wie wir den Fall einigermaßen schnell lösen können, ohne die Geschichte mit dem Mafia Schwarzgeld zu vernachlässigen.«

Für Schneider war es seit Jahren ein besonderes Anliegen die Schwarzgeldgeschäfte diverser Clans in der Gastronomie und den Spielhallen, die es auch im Filstal zahlreich gab, nachzugehen. Die traditionellen Gaststätten starben seit vielen Jahren immer mehr aus, und stattdessen gab es manche Restaurants mit bescheidenem Angebot und nicht unbedingt vielen Gästen, die sich aber trotzdem hielten. Natürlich wusste er, dass das Gastronomiesterben auch am Geiz seiner Landsleute lag. Oder, was er sich schon überlegt hatte, an der fehlenden Wertschätzung für gutes Essen. Solange das Essen am niedrigen Preis und an der Menge auf dem Teller bemessen wurde und nicht an der Qualität, konnten die traditionellen Gasthöfe, die noch gute Produkte einkauften, aufwändige Braten und andere schwäbische Gerichte anbieten wollten, nicht mehr wirtschaftlich arbeiten. Restaurants, die vor allem dafür da waren Schwarzgeld zu waschen, hatten diese Probleme nicht. Und von den Spielhöllen ganz zu schweigen. Aber Schneider hatte für das Problem nur wenige Ansätze und kaum Beweise. Er rannte da schon seit Jahren gegen eine Wand. Also zunächst mal: der Fasnetsmord, wie er ihn für sich schon mal abgespeichert hatte. Und dann würde er sich wieder der organisierten Kriminalität widmen.

szene 7

Hallo Herr Heller, oder waren wir per Du? Ok, also Wolfgang, hier ist der Jochen von der Kripo in Göppingen, vorübergehend Geislingen, wir haben eine Leiche, nein, ein Skelett gefunden, das noch Reste von einem Häs an sich hatte. In Wiesensteig. Kannst Du mir helfen? Du hast mir ja erzählt, dass Du in Auendorf bei den, wie nennt Ihr Euch, Hommelhenkern bist. Wer kann uns weiterhelfen ein Häs, das echt schon ziemlich verblichen ist, noch zu bestimmen?« Wolfgang Heller, der bei der Bereitschaftspolizei in Göppingen als, auf neudeutsch, Facility Manager, tätig, und im oberen Filstal als Organisator vieler Events bekannt war, antwortete sofort: »Lass uns mit dem Rainer Traub treffen, der ist bei uns in Auendorf Vorstand und der kennt alle in der Gegend. Ich rufe den Raini an und wir sehen uns im Rathaus in Auendorf, dort haben wir unseren Treff.«

»Doreen, würdest Du mal checken und die Ansprechpartner der Fasnetsvereine rauskriegen und Termine mit ihnen machen? Ich fahre nach Ganslosen und spreche mit Raini.« »Mit wem und wohin? Du sprichst in Rätseln.« »Hähä, weiterer Kurs in Heimatkunde. Auendorf hieß früher Ganslosen und war ziemlich verrufen, das wollten die Einwohner im 19. Jahrhundert ändern, und seither heißen sie Auendorf. Du verstehst?« »Nicht wirklich, aber Du wirst es mir erklären, wie manch anderes. Und warum soll ich das für Dich machen?« Schneider spürte, dass er seine neue Kollegin wieder mal unnötig provoziert hatte, und wusste eigentlich nicht, warum er das immer machte. Sie hatte sich wirklich schnell eingefügt, bemühte sich auch die notwendigen Ortskenntnisse schnell anzueignen und trotzdem fühlte er sich nicht so richtig wohl mit ihr. Sie war zweifellos kompetent, aber in ihrer Art einfach anders. Lag es an ihm, dass er Leute aus dem Osten einfach per se misstrauischer betrachtete? Das war doch über dreißig Jahre nach der Wiedervereinigung eigentlich Unsinn. Und er hatte doch keine Vorurteile? Vermutlich würde ein Kollege aus Ostfriesland auf seine Bemerkungen nicht anders reagieren. Darüber müsste er mal nachdenken. »Hey Doreen, lass mal gut sein, ich kümmere mich um die Fasnetsvereine. Muss ja eh selbst mit denen sprechen. War nicht so gemeint, ok?« Ich fahre jetzt nach Auendorf.

szene 8

Als Schneider am Rathaus in Auendorf ankam, warteten zwei Männer auf ihn, Wolfgang Heller kannte er bereits, der andere war ein vom Alter her undefinierbarer, langhaariger Kollege, wahrscheinlich Rainer Traub. Das Verrückte war ja wie viele Freaks, besser gesagt Individualisten, sich selbst in den kleinsten Dörfern inzwischen behauptet und integriert hatten. Schneider erinnerte sich noch daran, wie in seiner Jugend langhaarige Jungs, anders aussehende, anders bekleidete oder, Gott bewahre, sexuell anders ausgerichtete Menschen ausgegrenzt wurden. Irgendwie machte es ihn stolz, in einer Gegend zu leben, in der jeder so sein konnte, wie er wollte. Von den Ewiggestrigen, die in jeder Veränderung den Untergang des christlichen Abendlands sahen, natürlich abgesehen. Aber von denen gab es zum Glück immer weniger, oder aber leider inzwischen auch wieder mehr.

Die drei gingen im Rathaus hoch bis in den letzten Stock unterm Dach, wo die »Hommelhenker« sich in langjähriger Eigenarbeit einen richtig schönen Vereinsraum eingerichtet hatten. »Was willst Du wissen? Wie können wir Dir helfen?« »Also zunächst möchte ich wissen, wie Ihr auf Euren Namen gekommen seid, find ich schon witzig! Aber ich muss auch wissen, was für ein Häs Ihr tragt, und wer bei Euch dabei ist.«

»Das mit dem Namen haben wir uns lange überlegt, aber es gibt eine Legende bei uns in Auendorf, die ziemlich, na ja, originell ist. Die Geschichte ist, dass auf dem Kirchturm im Gesims irgendwann Gras wuchs, und die Leute sich überlegt haben, wie sie das wieder wegkriegen. Der Bürgermeister, ein besonders Schlauer, hat damals vorgeschlagen, den Gemeindefarren auf den Kirchturm zu hieven, damit er das Gras abfrisst. Gesagt, getan. Als das Tier, auf halber Strecke bereits die Zunge herausstreckte, riefen die Leute, schaut, er schleckt schon mit der Zunge danach. Leider hatten die guten Leute das etwas falsch eingeschätzt, sie hatten den Hommel praktisch erwürgt oder besser gesagt, gehenkt. Deshalb sind wir die Hommelhenker, mit unseren Kuhmasken und dem entsprechenden Häs. Was uns auch etwas wert ist, wir zahlen dafür über 1.000 Euro. 1998 haben wir uns mit knapp 20 Leuten gegründet und sind heute über 100 Mitglieder.«

»Ok, 1998? Echt? Nach unseren ersten Erkenntnissen hat die Leiche mit ihrem Häs schon über dreißig, vierzig Jahre dort gelegen. Ich fürchte, Ihr seid damit raus. Nein, im Ernst, es ist klar, es kann damit zum Glück niemand von Euch gewesen sein. Ihr habt ja wohl damit auch niemanden vermisst. Dann müssen wir weitersuchen. Welche Zünfte sind denn älter als die Eure?«

Wolfgang Heller und Rainer Traub schauten sich kurz an und sagten einhellig, dann müsst Ihr Euch in Deggingen, Gosbach, Wiesensteig und Westerheim umsehen, die haben eine viel längere Tradition. Aber natürlich sind die Mitglieder auch nicht immer aus demselben Ort, sondern kommen oft auch von woanders. »Was unsere Arbeit jetzt nicht leichter macht.« kommentierte Schneider etwas frustriert und fuhr dann fort:

»Ja klar, es geht erst mal darum, dass wir herausfinden, welches Häs das war. Aber sorry, habt erstmal vielen Dank, und wenn es Euch nichts ausmacht, würden wir gerne auf Euch zurückkommen, Ihr wisst ja auch, was die anderen Zünfte tragen. Wir müssen erst mal schauen, was wir da noch an Resten haben, die wiedererkennbar sind.«

szene 9

Am nächsten Tag lag Geislingen und das gesamte Filstal unter einem Hochnebel, der den bevorstehenden Herbst ankündigte. »Heute eher keine Radtour, oder?« begrüßte Schneider seine Kollegin, »wo stehen wir?«. »Echt jetzt? Wo stehen wir? Du klingst wie dieser verschnarchte Kommissar aus der Soko Wismar im ZDF,« entgegnete ihm Doreen. »Wir kriegen heute heraus, zu welcher Narrenzunft sie gehört hat, und dann haben wir bald einen Namen. Ich finde das Mädel, beziehungsweise natürlich ihre Verwandten.« »Wieso Mädel? Kann ja auch eine ältere Frau gewesen sein.« »Lieber Jochen, ich war schon bei den Kollegen, die können zwar noch nichts über die Todesursache sagen, aber das Opfer war nicht älter als zwanzig und schwanger.« »Ach du Scheiße – und die hat keiner vermisst?« »Also wir haben hier auf den ersten Blick nichts in den Dateien.«

Schneider war immer noch, trotz seiner jahrzehntelangen Erfahrung, angerührt, wenn es um das Schicksal seiner Fälle ging. Für ihn waren das eben nicht nur anonyme Wesen, sondern er sah immer noch die Menschen, die Personen dahinter. Wie konnte es sein, dass ein schwangeres Mädchen verschwand und es bei ihnen keine Unterlagen, Hinweise darauf gab? War sie überhaupt aus der Gegend? Oder hatte sie irgendein Kontakt nach Wiesensteig geführt? Das Häs sprach allerdings eindeutig für einen regionalen Bezug.

Schneider nahm ihre Gedanken von gestern auf, »Doreen, ja, Du hast recht, lass uns die Ermittlung so aufteilen, dass wir das machen, was wir am besten können. Ich spreche mit den Narren, zeige ihnen die Fotos vom Häs und Du machst die moderne Polizeiarbeit – DNA, Spusi und ok, nicht so modern, die Nachbarschaftsbefragung. Wenn die Aierles erst vor dreißig Jahren dort eingezogen sind, und die Leiche schon vorher dort versteckt wurde – wer hat da gewohnt? Kriegen wir sicher über das Bürgermeisteramt in Wiesensteig raus, aber die Nachbarn zu befragen schadet bestimmt nicht. Wir brauchen von der Spusi noch nähere Angaben, und eigentlich das Wichtigste zum Schluss: wenn wir die Vorbesitzer haben, und das kann ja nun wirklich kein Problem sein, gibt es zwei Möglichkeiten: einer von denen hat die junge Frau umgebracht und eingemauert oder es muss einer der Handwerker gewesen sein. Aber warum soll ein Handwerker eine Tote in ein fremdes Haus einmauern? Na gut, man weiß ja nie.«

Pragmatisch wie immer, meinte Irene Bechtle: »Ich rufe in Wiesensteig an, dann sehen wir gleich weiter.« Und Zoschke ergänzte: »Sehr gut, und wir beide fahren wieder ins Täle, Du die Narren und ich die Nachbarn, ok?« »Zu Befehl meine Damen! So machen wir's. Allerdings muss ich erst eine Runde telefonieren, um meine Leute treffen zu können, die sind ja nicht hauptberuflich Narren.«

Eine Stunde und viele Telefonate später wollten sich die beiden Kommissare gerade auf den Weg machen, da kam Sven Schöttle mit der Nachricht, dass die Tote bereits vor etwa 40 bis 45 Jahren gestorben war. »Super, danke Sven, das hilft uns weiter, damit können wir viel konkreter fragen«, strahlte ihn Doreen Zschotzke an. »Immer zu Diensten, und besonders gerne, wenn es auch anerkannt wird.« Schöttle warf einen entsprechenden Blick auf Schneider, der nur die Augen verdrehte und bemerkte: »Das ist auch wieder so ein Klischee aus den Fernsehkrimis. Die armen Spusileute bekommen nie genug Anerkennung. Du bist doch auch von hier. Net gschempft, isch globt gnuag, oder?« »Oh my god, warum bin ich nicht in Berlin geblieben?« »Weils hier schöner ist, und das weißt Du auch Sven.« »Muss ich jetzt als Sächsin einen Schwabenzwist schlichten? Schluss jetzt, wir fahren. Und Sven, heute Abend auf ein Bier?«

»Doreen, ich fahre Dich nach Wiesensteig, und versuche bei den Faschingsleuten was zu erfahren, und dann gehen wir in Gosbach im Hirsch Mittagessen, einverstanden?« »Ja, von mir aus, warum dort?« »Weil der richtig gut ist, da kriegst Du auch mal was anderes als das, was die meisten schwäbischen Lokale immer auf der Karte haben.« »Cool, das ist ja ein ganz neuer Aspekt an Dir. Du glaubst nicht, wie mich nach meinem Studium in Hamburg die Gastro im Osten angeödet hat.« »Ok, erst die Arbeit, dann der Genuss, aber ich kann Dir schon noch ein paar Tipps geben…«.

szene 10

Auch wenn Kriminaloberkommissarin Zoschke sicher war, dass Irene Bechtle ihren Anruf längst gemacht hatte, entschloss sie sich erstmal im Rathaus in Wiesensteig vorbeizuschauen. Das alte Fachwerkhaus machte echt was her, überhaupt war Wiesensteig ein richtig schönes, altes Dorf, wobei, da musste sie sich selbst korrigieren, auf dem Ortsschild stand ja »Stadt Wiesensteig«. Merkwürdig, dachte sie, muss ich gleich mal fragen. Als sie am Empfang ihren Dienstausweis zückte und nach Einsicht ins Grundbuch fragte, kam die Dame hinter dem Tresen gar nicht dazu zu antworten, weil sich der danebenstehende Mann gleich an sie wandte. »Ich bin der Bürgermeister Graf, wie können wir Ihnen helfen? Geht es um die Leiche in der Seltelstraße? Schrecklich! Was wollen Sie wissen? Was ist da passiert?« »Danke, ja, wir benötigen Ihre Hilfe, wir wissen noch gar nichts, wir stehen, auch wenn es abgedroschen klingt, erst am Anfang der Ermittlungen. Eins ist klar, die Tote lag über 40 Jahre dort, und wir müssen wissen, wem das Haus damals gehört und wer dort gewohnt hat.« »Kommen Sie, wir schauen gleich nach.« Engagierter Bürgermeister, dachte Zoschke, irgendwie sind die Leute ja ganz nett hier.

»So, da haben wir die Besitzer. Die Aierles haben das Haus 1992 von Hans-Dieter Metzger gekauft, der es 1978 von der Familie Straub erworben hat.« »1978, das ist genau um die Zeit, als die Frau eingemauert wurde, was ist da passiert?«»Ganz ehrlich, keine Ahnung, ich bin ja auch nicht so alt und stamme gar nicht von hier.«

»Alles gut, lieber Herr Bürgermeister, ich werde natürlich erstmal die Metzgers befragen, wenn wir wissen, wo die jetzt wohnen, da hilft uns doch sicher das Melderegister weiter, und ich kümmere mich um die Nachbarschaft. Aber gibt es hier jemanden auf dem Rathaus der sich hier in Ihrer Stadt gut auskennt? Ach so ja – wie viele Einwohner haben Sie denn, dass Wiesensteig eine Stadt ist?«»Um Ihre letzte Frage zu beantworten, na ja, das Stadtrecht haben wir seit ungefähr 800 Jahren und geben das auch nicht mehr her, auch wenn wir nur ein bisschen mehr als 2000 Einwohner haben. Immerhin können wir sagen, dass wir eine der kleinsten, und von denen eine der schönsten Städte in Deutschland sind.«

»Sie machen jetzt Tourismuswerbung mit mir, und ja, ich finde Wiesensteig wirklich sehr schön. So, wer von Ihren Mitarbeitern kann mir weiterhelfen? Wer kennt sich aus? In einer Stadt mit 2.000 Einwohnern kennt man sich doch!« »Wissen Sie was? Direkt neben dem Rathaus gibt es den Zeitschriftenladen Allmendinger, die Ulla Allmendinger kennt jeden hier. Die kann Ihnen sicher mehr helfen als die ganzen Jungspunde hier.« »Herr Bürgermeister, Sie haben mir echt geholfen. Danke!«

Was für ein netter Mann, dachte Doreen, aber sicher verheiratet, und außerdem treffe ich mich heute Abend mit Sven. Der ist zwar auch verheiratet, aber ganz offensichtlich nicht happy. Das war nicht ihr Problem und sie hatte einfach Lust auf Kontakt, gerne auch körperlichen Kontakt.

Inzwischen war es 11.00 Uhr und sie fragte sich, wie weit Schneider schon mit seinen Narren gekommen war. Sie hatte jetzt die Wahl die Nachbarn abzuklappern oder zuerst in den Zeitschriftenladen zu gehen. War ja direkt nebenan, also fiel die Entscheidung nicht schwer.

szene 11

Ulla Allmendinger war eine sympathische Frau von Anfang/Mitte 50, der man sofort anmerkte, dass sie in und mit ihrem Laden lebte. Zahllose Papeterie-, Geschenk- und Schulartikel, Bücher, Zeitungen und Zeitschriften, und nicht zu vergessen, die örtliche Post- und DHL-Station erweckten den Eindruck eines lebendigen und doch immer schwierigeren Geschäftsmodells. Doreen Zoschke jedenfalls fand den Laden super und da sich im Moment auch keine weiteren Kunden im Geschäft befanden, fragte sie Frau Allmendinger direkt nach dem Haus und dessen Bewohnern in der Seltelstraße. »Ja klar kenn i die Aierles, mir waret mit dene im Urlaub, und davor, wer war denn do? Die Metzgers? I woiss et, waret des net die Straubs? Sie fraget mi au was. Do muss ich echt nachdenke. Also en dem Haus gings echt dronter ond drüber, bis es die Aierles kauft hend. I glaub die Metzgers waret bloss kurz do, wenn überhaupt, ond hent gleich vermietet. Ond des mehrmols.« »Mir geht es vor allem rund um das Jahr 1978. Können Sie sich da erinnern?« »Sie send ja luschtig, wisset Sie no was Sie 78 gmacht hent?« »Nur ganz schwer, ich bin erst zehn Jahre später geboren. Aber liebe Frau Allmendinger, ich habe Sie jetzt damit überfallen. Es wäre toll, wenn Sie sich etwas Zeit nehmen und versuchen würden sich zu erinnern. Das würde uns total helfen. Und ich komme wieder bei Ihnen vorbei.«

Danach erlebte Doreen eine frustrierende Nachbarschaftsbefragung, die in Frage kommenden Bewohner waren entweder tot, dement oder weggezogen. Gibt's doch nicht, dass ich da keinen mehr auftreiben kann, dachte sie und wollte gerade den Kollegen Schneider anrufen, als ihr Handy klingelte und Schneider ihr zuvorgekommen war. »Mittagessen und meine ganzen Fasnetsbefragungen gestrichen, im »Sole mio« in Geislingen haben sie den Wirt erschossen. Wir müssen sofort hin. Wo bist Du?«

szene 12

Das »Sole mio« war einer dieser trostlosen Pizzerias, die sich durch liebloses Essen und mürrischem Personal auszeichnete. Als die beiden Kommissare ankamen, begrüßte sie Schöttle: »Da brauche ich jetzt nicht mehr nach Berlin, wenn wir das auch schon hier haben. Klassische Hinrichtung.« »Shit, ich wusste, dass bei dem was nicht stimmt, aber gleich so extrem?« Schneider hatte den Besitzer Francesco Moltieri schon länger im Verdacht. Sein Restaurant war mal richtig gut, Francesco ein engagierter Gastgeber und gute Küche, mit der unnachahmlichen italienischen Gastfreundschaft, die jedem Gast das Gefühl gab, besonders willkommen zu sein. Vor einigen Jahren, wann eigentlich genau, überlegte Schneider, begann der Niedergang. Francesco wurde immer missmutiger, im Service und in der Küche nur noch Menschen, die mit Gastronomie offensichtlich nichts am Hut hatten und die auf eine italienisch vorgetragene Bestellung der Gäste nur verständnislos reagierten.

»Doreen, lass uns hier saubere Arbeit abliefern und schauen, was wir an Fakten zusammen bekommen. Du weißt, wie lange ich schon an den Scheißtypen dran bin. Aber Du kannst sicher sein, in den nächsten zwei Stunden steht das LKA auf der Matte.« »So lange dauert das nicht, wir sind schon da,« klang es vom Eingang des Restaurants her. »Mensch Jochen, das wäre natürlich Dein Fall, wenn

Du zu uns gekommen wärst. Wie oft haben wir Dich gefragt?« Jürgen Mäder vom LKA hörte nicht auf nachzubohren: »Wie glaubst Du diese Typen von Geislingen aus festnageln zu können? Das ist doch Quatsch, die sind international organisiert. Pass auf, wir halten uns auf dem Laufenden, und ich informiere Dich. Aber Du kümmerst Dich jetzt erstmal um Eure Leiche in Wiesensteig.«
»Woher wissen Sie denn davon?« »Sie sind die neue Kollegin hier, ja? Herzlich willkommen! Unser Job ist es Bescheid zu wissen.« »Wow, das klingt jetzt nicht nach ZDF-Krimi, sondern nach Hollywood. Lassen Sie bitte den Unfug, was wissen Sie über unser Skelett?« »Ja, Entschuldigung, wir haben inzwischen schon die Überreste bekommen, und machen die C14-Analyse, damit wir den Todeszeitpunkt näher eingrenzen können. Sonst mischen wir uns nicht ein.« »Und im Gegenzug sind wir hier raus?« war die prompte Frage von Jochen Schneider. »Nein, habe ich doch gerade gesagt, wir tauschen uns aus. Wir brauchen Eure Infos aus dem Umfeld vom Sole mio.«

In seinem Innersten musste sich Schneider eingestehen, dass Mäder nicht so daneben lag. Die Hintermänner der ganzen Sache agierten sicher nicht in Geislingen. Er selbst hatte mehrere Angebote zum LKA zu wechseln ausgeschlagen, weil er zu bequem, phlegmatisch oder wie er sich sagte zu bodenständig war und seine Dienststelle nicht im Stich lassen wollte.

»Euren Austausch kenne ich, aber Jürgen, ich nehme Dich beim Wort. Ich finde das ewige Kompetenzgerangel zum Kotzen.« »Komm, jetzt mach keinen Aufstand, wir haben auch schon gut zusammengearbeitet, sonst hätten wir

Dich gar nicht bei uns haben wollen.«»Wenn die Herren jetzt mal ihren Kleinkrieg beenden könnten, was können wir Göppinger konkret tun, sitzt das LKA bei uns in der Dienststelle, und wie teilen wir uns personalmäßig auf?« versuchte Doreen Zoschke den Blick nach vorne zu richten und vor allem auch den Fasnetsmord nicht aus den Augen zu verlieren.

»Lassen Sie uns morgen um 10.00 Uhr zusammen sitzen und das weitere Vorgehen besprechen. Wir machen jetzt hier mal weiter und berichten dann,« schlug Mäder vor. Die beiden Kommissare blickten sich an und nickten.

»Weißt Du Jochen, wenn Du so scharf bist auf Mafiaermittlungen, warum bist Du nicht zum LKA gegangen? Lass uns den Mörder von diesem armen Mädel finden, das beschäftigt mich sehr, und Dich doch auch, oder?«»Ja klar, ich will das gar nicht gegen einander stellen, aber ich bin da schon solange dran und habe gesehen, wie der Moltieri immer mehr reingerutscht ist, ohne dass ich irgendwas finden konnte.«

szene 13

Zurück in der Dienststelle empfing sie Irene Bechtle mit der Frage: »Fasnet oder Mafia? Ich habe mit dem Sole Mio private Erfahrungen, bin da letzte Woche aus alter Anhänglichkeit doch nochmals hingegangen in der Hoffnung, dass es vielleicht wieder schmeckt, die hatten früher sensationelle Spaghetti Frutti di mare. Und was soll ich sagen, das Essen war klasse. So wie früher! Francesco war gut drauf, hat mich mit Küsschen begrüßt und gesagt, Irene, bella, schön, dass Du auch wieder mal kommst. Alles wird wieder gut!« »OK, erstaunlich, als ich vor einem Jahr das letzte Mal dort war – Katastrophe,« meinte Schneider, »was hat ihn wieder hochgebracht? Und jetzt plötzlich ist er tot, erschossen. Das ist doch mehr als merkwürdig.«

»Und zu unserer Leiche in Wiesensteig, was hast Du da?«

»Deine Freunde aus Ditzenbach und Auendorf haben uns Bilder von den Häs' aus dem oberen Filstal geschickt, Sven ist schon am Abgleichen. Und wir haben einen alten Nachbarn aus der Seltelstraße gefunden. Also Doreen, kein Grund um frustriert zu sein, Deine Nachbarschaftsbefragung hat doch was gebracht. Eine Frau Mayer hat angerufen, ihre Familie hat damals dort gewohnt hat, und ihr Vater lebt jetzt im Altersheim in Wiesensteig, ist geistig total fit und dankbar über jede Ansprache.« »Super, und wie hat sie davon erfahren?« »Irgendwie gibt es wohl noch alte Kontakte in der Gegend.«

Inzwischen war es 17.30 Uhr geworden und die beiden Kommissare schauten sich an: »Hasta mañana? Du hast ja noch was mit Sven vor, oder?« »Ja, und? Stört Dich das?« »Schöttle. Wer ist da? Oh, Doreen bist Du das? Ich habe Deine Nummer noch gar nicht gespeichert. Das freut mich, war also ernst gemeint mit heute Abend?« »Ja klar, was wollen wir machen?« »Wir könnten natürlich einfach in Göppingen was machen, oder nach Geislingen ins Clochard gehen, um gegen später auf Herrn Hauptkommissar Schneider zu treffen, falls Du das magst. Oder…« »Bloß nicht, was wäre das, oder?« »Wir gehen, es ist ja noch früh, erstmal richtig gut essen im Staufeneck beim Rolf Straubinger. Ich kümmere mich darum. Und dann schauen wir weiter. Was meinst Du?« »Der Jochen hatte mir heute schon gutes Essen in Gosbach versprochen und dann kam der Mafiamord dazwischen. Dann schauen wir mal, ob das mit Dir klappt.«

szene 14

Du willst eine Bouillabaisse bestellen? Ich dachte, wir wären in einem typisch schwäbischen Restaurant? Übrigens, die Aussicht ist der Hammer!« sagte Doreen Zoschke, als sie mit Sven Schöttle eine Stunde später auf der Terrasse des Staufenecks saß, und sie ihren Aperitif vor sich hatten und auf das grandiose Panorama der Schwäbischen Alb blickten. »Der Patron hier, der Rolf Straubinger, ist ein Sternekoch, absolut Hammer, und seine schwäbischen Gerichte sind einfach geil. Aber er kann eben viel mehr, und ich bin süchtig nach seiner Fischsuppe.« »Ihr seid hier schon komisch, auf der einen Seite total Provinz und dann Bouillabaisse. Gefällt mir irgendwie, und Du? Warum bist Du aus Berlin hierher zurückgekommen?« »Soll ich ehrlich sein? Wegen einer Frau, die ich auch geheiratet habe und mit der ich seit zehn Jahren zusammenlebe und seit mindestens fünf Jahren nicht mehr weiß, was mich mit ihr verbindet.« »Och, Du Armer, ist das jetzt die Begründung, warum Du nach diesem Luxusessen mit mir ins Bett willst?« »Boah, bist Du immer so direkt? Du weißt natürlich, dass Du eine tolle Frau bist, und ja klar bin ich scharf auf Dich.« »Dann sag's doch und fang nicht erst mit Deiner Frau an.« »Sorry, Du hattest mich gefragt, warum ich wieder hierher zurückgekommen bin, und jetzt kommt das Essen.« »Zu Deinem Glück, oder?« Das Essen war großartig, der Sauvignon Blanc vom Aldinger aus Fellbach ebenfalls und als sich die beiden später im Infinity-Pool zum ersten Mal küssten war die Welt einfach nur in Ordnung. »Du hast also schon gewusst, als wir hierherkamen und bereits ein Zimmer gebucht hast, wie leicht ich zu haben bin? Du Chauvi!« »Das Prinzip Hoffnung, und ich weiß nicht, ob Du leicht zu haben bist, aber ja, wenn Du auch was an mir findest, gehen wir hoch auf unser Zimmer.«

szene 15

Guten Morgen Irene, normalerweise bin ich ja der Letzte. Aber heute? Du, ja, wie immer! Die Neue, und der Schöttle waren gestern ein Bier trinken, läuft da was?«»Woher soll ich das wissen?«»Du weißt doch sonst immer alles.«»Mmh, aber ich will bestimmte Dinge nicht wissen, weil sie mich nichts angehen. Und Dich auch nicht.«»Ist ja gut, gleich um 10.00 Uhr kommt der Mäder vom LKA, wäre schön, wenn die Kollegin auch da wäre. Und danach geht's wieder ab nach Wiesensteig ins Altersheim.«

Als Zoschke kurz darauf auftauchte, fast zeitgleich mit Mäder, hatte Schneider weder Gelegenheit noch Lust anzügliche Bemerkungen zu machen, und was ging es ihn an, wer mit wem ins Bett ging.

»Also, liebe Kollegen aus Göppingen, oder besser gesagt Kollegen im Geislinger Exil, wie gestern bereits betont, lasst uns zusammenarbeiten. Wir müssen uns hier reinhängen, weil das Sole mio schon länger auf unserer Liste steht und es hier Zusammenhänge mit anderen Vorfällen gibt.«»Mäder, ein Mord ist kein Vorfall und schon gar nicht, wenn er so professionell ausgeführt wird.«»Ja genau, Jochen, das war ein Profimord, umso wichtiger, dass wir vom LKA uns drum kümmern, aber was wir gestern bei unseren ersten Befragungen schon mal erfahren konnten: das Sole mio hat nach Jahren des Niedergangs, plötzlich wieder gutes Essen angeboten. Was ist passiert, warum hat Moltieri sich wieder bemüht? Da seid Ihr näher dran, oder? Also, wirklich ernst gemeint, lasst uns kooperieren! Und Ihr bekommt heute noch mehr Infos wegen Eurer Hexe. Ich schaue jetzt erst mal bei Eurem Kollegen Schöttle vorbei.«

szene 16

Zwei Stunden später saßen Schneider und Zoschke im Speiseraum des Seniorenheims in Wiesensteig Alois Strähle, dem Vater von Ruth Mayer gegenüber. »Herr Strähle, Ihre Tochter hat uns gesagt, dass Sie bis vor wenigen Jahren in Ihrem Haus in der Seltelstraße gelebt haben. Wissen Sie, was wir da vor ein paar Tagen entdeckt haben? Also nicht in Ihrem Haus, sondern in der Nachbarschaft?« »Ja freilich, i bin ja online. I krieg alles mit. Sie hent a Leich in dem Haus gfonda, des de Aierles ghört. Aber des kann i ehne sage, die send so harmlos, die hent koin umbracht.« »Des isch ja super, dass Sie schon Bescheid wissen, Herr Strähle,« antwortete Schneider und hakte nach, »so fit wie Sie sind, warum sind Sie denn hier, auch wenn es ganz schön ist, hier im Seniorenheim?« »Ja, geistig vielleicht, aber meine Füß, Sie kommet et von hier Frau Kommissarin, oder? Also meine Beine, wia ma auf hochdeutsch sagt, machet oifach nemme mit. Und en dem alte Haus mit der Treppe, ich hab's vor drei Johr verkauft, als mei Frau gschtorbe isch, ond ehrlich gsagt, koche hab nie glernt, leider. Könnet Sie koche Herr Kommissar?« Bevor die Befragung ins kulinarische abglitt, griff Zoschke ein. »Herr Strähle, danke für die Übersetzung, das ist echt lieb von Ihnen. Und ich finde das natürlich super, dass Sie sich im Internet informieren. Also meine Eltern kriegen das mit Ende sechzig nicht hin und Sie sind bestimmt schon 5-6 Jahre älter, oder?« »Frau Kommissarin, send Sie grad am flirte mit mir?

I ben 85, aber bis auf meine Füß isch alles no in Ordnung. Alles! Send Sie scho vergebe?« antwortete Strähle und blinzelte ihr zu. »Sie sind ja ein schlimmer Finger, ich bin jetzt aber wirklich dienstlich hier und wir benötigen Ihre Hilfe bei der Aufklärung eines Mordfalls, der sehr wahrscheinlich bevor die Aierles das Haus gekauft haben, passiert ist.« »Schade, aber Sie könnet ja au mal privat vorbeikomme. Noi, im Ernst, Sie hent sicher andere Möglichkeita als so en alte Knacker wie mi, es macht halt emmr no Spaß, des hört nie auf. Aber i will au net wie Al Pacino ende, ond in meim Alter nochmals Vater werde. Also, von welcher Zeit spreche mer bei dem Mord?« Schneider, der sich das Geplänkel innerlich augenrollend, aber doch belustigt angehört hatte, schaltete sich ein »Es muss irgendwann um 1978 /1979 passiert sein. Da gab es einen Besitzerwechsel und auch eine Renovierung. Erinnern Sie sich daran?« »78/79? Irgendwann om die Zeit, send die Straubs weg. Die send plötzlich mit ihre drei Kender verschwonde ond hent verkauft. An die Metzgers, aber koinr von ons hot verstande, worum die so plötzlich weg send. Die waret komisch, aber hent des Haus lang ghett.« »Was heißt komisch? Was war so auffällig an denen?« »I ben gar net religiös, aber die meiste Wiesesteiger send katholisch. Heut spielt des natürlich koi große Rolle mehr, aber damols, die Straubs waret anders, wie sagt ma heit, evangelikal oder so was. Also ganz streng.« »Lieber Herr Strähle,« flötete Doreen, »weil bei Ihnen ja noch alles in Ordnung ist, vor allem Ihr Gedächtnis, wo sind die denn hingezogen?«

»Net nur mei Gedächtnis!« grinste ihr Strähle entgegen, »aber i hab scho begriffe. Noi, i weiß net, wo die hinzoge sind. Des war alles merkwürdig. Der Herr Metzger, der dann kauft hat, des war en ganz Junger, der war ja nie do.

Die hent glei vermietet. Ond die Mieter hent mehrmols gwechselt. Also mir hent eigentlich bloß die Kutlus näher kennt, a türkische Familie, süße Kinder, dr Mann war en dr Fabrik beim Weinmayr ond die Frau isch putze gange ond mei Frau hot öfters auf die Kinder aufpasst. Die hent ons zom Grilla einglada, lecker kann i Ihne sage, die türkische Küche isch so guad. Aber des möget se ja net hier im Heim. Köfte? Die wisset ja gar et was des isch, aber trotzdem wollet se es net. Schwäbisch mag I ja au, aber ab ond zu was anders wär scho schee.«»Irgendwann, um das Jahr 79 herum, wurde umgebaut, wer hat das veranlasst, die Straubs oder die Metzgers?« hakte Zoschke nach.»Des isch ja des Merkwürdige. I denk, normalerweise macht des dr Käufer, aber in dem Fall, i glaub, des waret die Straubs.«»Und wissen Sie noch wer diesen Umbau durchgeführt hat?«»Jetzt teschtet Sie aber echt mei Gedächtnis, ganz ehrlich, noi i kann mi net erinnere. Aber do fällt mir ei, der Straub hat doch selber so a Handwerksgschäft oder sogar a Baugschäft betriebe.«»Herr Strähle, haben Sie vielen Dank! Und ich besuche Sie, wenn wir bald wieder in Wiesensteig sind und dann machen wir uns auf die Suche nach der richtigen Partnerin für Sie, ja? Oder sind Sie schon auf Tinder?«

»Wenn ich einen Wunsch frei hätte – mit 85 so fit wie der« meinte Zoschke als sie mit Schneider zurück zum Auto ging.»Und ich möchte eine Frau sein, damit ich ältere Herren so zum Sprechen bringe wie Du gerade eben. Der hat uns gerade richtig, richtig vorangebracht.«»Ja, genau. Wo sind die Straubs und die Metzgers, wobei die für mich erstmal sekundär sind. Und zu welcher Zunft hat das Mädel gehört. Wo wir jetzt schon wieder im Goisatäle sind, könnten wir ja unser Essen im Hirsch nachholen, was meinst Du?«

»Nichts dagegen, ich war mit Sven gestern im Staufeneck.« »Oh, Madame schlemmt sich durch, und was war sonst noch?« »Komm, lass es einfach, darauf habe ich echt keine Lust, wir fahren zurück nach Geislingen, wir haben genug zu tun.«

szene 17

Einer schweigsamen Autofahrt Richtung Büro folgte eine sprudelnde Bechtle. »Die Straubs lebten nach Wiesensteig in Gruibingen, und dann haben sie sich in Luft aufgelöst. In Gruibingen wissen sie nicht wohin die gezogen sind. Und die Metzgers sind eine reiche Sippe aus Göppingen, die seit Jahren wahllos Immobilien in der Gegend kauft, weil sie offensichtlich nicht wissen wohin mit dem Geld. Die Familie Straub ist schwierig wie gesagt, keine Spur, und bei den Metzgers gibt es einen Albrecht Metzger, der als Geschäftsführer der Immobilienholding firmiert. Die haben auch Gastronomieimmobillien in der Gegend gekauft, und ich checke gerade das Sole mio ab, das gehört denen wohl auch.«

»Ok, wie können wir die Straubs finden? Und mach uns einen Termin bei diesem Albrecht Metzger. Der ist mir schon länger aufgefallen. Das kann doch kein Zufall sein, wenn dem auch noch das Haus vom Sole mio gehört.« Jochen Schneider war offensichtlich nicht gut drauf und hatte auch kein Interesse daran, es zu verbergen. Für Irene Bechtle, die ihn nun schon über zwanzig Jahre kannte, ging dies über seinen üblichen Missmut hinaus. »Was ist los mit Dir Jochen? Das LKA oder Doreen? Von Deinen Fällen lässt Du Dich sonst nicht so runterziehen.«

»Irene, ich habe einfach keinen Bock, wieder einen Fall an das LKA zu verlieren. Bei Francesco ist die letzten Monate etwas passiert, was wir uns nicht erklären können, der war plötzlich wieder wie früher, oder? Und der Metzger, der kauft seit Jahren Immobilien wie blöd. Woher hat der das Geld? Die haben 78 ein kleines Haus in Wiesensteig gekauft, das denen eigentlich am Arsch vorbeigehen musste, weil die Miete nicht wirklich attraktiv war. Haben die damals schon angefangen Geld zu waschen? Und außerdem, die Ossitante macht mich krank, die baggert selbst Scheintote an.« »Jochen, jetzt mach mal halblang, das ist doch Unfug. Bist Du eifersüchtig? Glaubst Du nicht, dass Du das eher mit Doreen selbst besprechen müsstest? Sorry, ich bin da raus.«

szene 18

Herr Kollege, ich mache meinen Job hier, und es ist für mich viel mehr als ein Job, ich will das gut machen, weil mich jedes Opfer echt fertig macht. Aber wage es nie mehr, Dich in meine privaten Angelegenheiten einzumischen. Ich gehe ins Bett mit wem ich will, und das wird meine Professionalität niemals beeinflussen. Und mehr wirst Du nie von mir hören! Verstanden, ja?« Jochen Schneider, der gerne, so hart er auch in seinem Job sein konnte, persönlichen Konfrontationen aus dem Weg ging, quälte sich eine müde Entschuldigung heraus: »Der Sven ist verheiratet und ich will keinen Ärger bei uns.« »Ja, und? Ist das mein Problem, oder das von Sven? Dann mach doch ihn an! Ich will jetzt schnellstmöglich den Metzger befragen und die Straubs finden, und endlich einen Schritt weiterkommen. Siehst Du eigentlich einen Zusammenhang zwischen dem Hauskauf in Wiesensteig und dem Mord gestern?« »Keine Ahnung, bisschen weit hergeholt, aber wer weiß.« »Zunächst mal wissen wir, dass das Mädel in ihrem Fasnetshäs, versteckt oder besser gesagt, begraben wurde. Und die Frage ist, ob sie eines der Straub Kinder war.« »Mal schaun, wann die Irene die Straubs ausfindig macht, und wir sie sprechen können.«

»Also Straubs gibt es in Gruibingen wohl viele. »Wenn Ihr eh bald wieder da draußen seid, geht einfach aufs Rathaus oder zur Pfarrerin. Die ist, glaube ich ziemlich cool, was die da für Flüchtlinge machen, Respekt!«»Danke Irene, Du verblüffst mich immer wieder! Damit hast Du auch schon unsere Frage beantwortet, ob die dort alle pietistisch drauf sind. Die Straubs aus Wiesensteig waren es jedenfalls. Und wohl so richtig extrem!«

szene 19

Sven Schöttle hatte den Morgen in seinem Labor verbracht und war, ehrlich gesagt, nicht übermäßig konzentriert bei der Arbeit. Die Nacht mit Doreen im Staufeneck war für ihn der Hammer, großartig, leicht und auch neu. Der Sex mit seiner Frau Gabriele war Routine, wenn er überhaupt noch stattfand, und im Alltag hatten sie sich nur noch wenig zu sagen. Doreen war anders, fordernd, sie wusste was sie wollte und brauchte, und gleichzeitig gebend, für alles, was er sich immer gewünscht hatte; erfahren im gegenseitigen Erkunden und sie kam und brachte ihn zum Kommen, wie er es selten zuvor erlebt hatte. Für ihn war es definitiv mehr als ein One-Night-Stand. Aber was war es für Doreen?

»Herr Schöttle? Wie weit sind Sie?« Mäder vom LKA riß ihn aus seinen Gedanken. »Keine Sorge, ich bin gleich durch. Todeszeitpunkt und der Rest steht dann im Bericht.« »Sie sind ja ein Scherzkeks, den Todeszeitpunkt von Moltieri kennen wir doch längst. Was steht in Ihrem Bericht? Was haben Sie sonst herausgefunden?« Mäder war etwas irritiert von der nichtssagenden Auskunft des als akribisch bekannten Schöttle. »Was ist los mit Ihnen? Welche Waffe? Ist die uns bekannt? Welche Entfernung? Irgendwelche Spuren vom Täter? Ich erwarte da schon etwas mehr. Oder sollen wir den Fall komplett nach Stuttgart nehmen?« »Geben Sie mir noch zwei Stunden Zeit, dann haben Sie alles.« antwortete Schöttle, der sich für seine unprofessionelle Antwort selbst verfluchte. Fremdgehen, so schön es auch war, bringt Dir sofort Probleme, jetzt schon bei der Arbeit, und an zuhause wollte er gar nicht erst denken. Und der Schneider würde sicher bald nach dem Abgleich der Stoffreste der Hexenleiche mit den Fotos der diversen »Häs« fragen, die sie über seinen Kontakt in Auendorf erhalten hatten. Da hatte er noch nicht einmal angefangen.

szene 20

Irene Bechtle war frustriert, normalerweise war die Recherche nach dem Aufenthalt einer Familie reine Routine. Aber diese Straubs waren ein Mysterium. Von Wiesensteig nach Gruibingen, dann nach Reichenbach, auch im Täle, und dann 88/89 plötzlich irgendwohin verschwunden. Zumindest hatte sie herausfinden können, und das bestätigte die Aussagen des Herrn Strähle aus dem Seniorenheim in Wiesensteig, die Straubs hatten drei Kinder, Beate Jahrgang 1959, und Michael und Johannes, die 1964 und 1967 geboren waren.

»Das ist doch schon mal was. Diese Beate wäre 1978 neunzehn Jahre alt gewesen – würde passen. Aber wo ist die Familie? Und was hat das Fasnetshäs damit zu tun?« Schneider war sich sicher, dass die Faschingconnection eine wichtige Rolle in der Lösung des Falles spielte. »Wenn dein Freund Schöttle endlich mal sagen würde, in welcher Zunft sich diese Beate, wenn sie es denn war, rumgetrieben hat, könnten wir endlich weiterkommen.«

»Jochen, nochmals, lass diese Anspielungen! Wenn er noch nichts gefunden hat, gibt es Gründe dafür. Wir kommen sowieso nicht darum herum die einzelnen Zünfte zu befragen, die haben sicher Mitgliederverzeichnisse und dann finden wir hoffentlich auch eine Beate Straub.« Doreen Zoschke war genervt von Schneiders Anzüglichkeiten, inhaltlich hatte er natürlich recht. Der Abend, die Nacht mit Sven Schöttle war schön gewesen, aber sie hatte eigentlich keinen Bock auf eine Affäre mit einem Kollegen, noch dazu mit einem der verheiratet war – die damit verbundenen Probleme waren vorprogrammiert. Was ihr viel wichtiger war, ihren ersten richtigen Fall in Geislingen schnell und erfolgreich zu lösen.

»Doreen, Jochen, ich bin so blöd, ich habe nur die Spur aus der Vergangenheit verfolgt, anstatt einfach die aktuellen Melderegister abzufragen. Die Straubs leben seit 25 Jahren in Deggingen, wohin sie anscheinend aus dem Ausland, aus Spanien, gekommen sind. Er hat ein Bauunternehmen, das wohl ganz ordentlich läuft! Und seine Söhne Michael und Johannes sind als Geschäftsführer eingetragen.« Irene Bechtle ergänzte Ihre Info mit den Gedanken »Die Kinder sind ja auch längst erwachsen, also leben sie nicht mehr bei ihren Eltern. Aber Ihr habt jetzt erstmal eine Adresse. Der Metzger, dieser Immobilienhai aus Göppingen, wollte sich später melden. Aber nur mit seinem Anwalt. Und eine ganz blöde Frage: warum rühren sich Eltern nicht, wenn ein Kind verschwindet? Das ist doch hoch verdächtig!« »Danke Irene, wann bewirbst Du Dich endlich für den gehobenen Dienst?« Schneider war immer wieder erstaunt über die Bechtles Fähigkeiten.

»Also auf nach Deggingen, wir kennen die Strecke ja allmählich,« meinte Doreen Zoschke. »Solange wir nicht mit dem Rad fahren müssen…« war Schneiders Kommentar.

szene 21

Als sie an der von Bechtle genannten Firmenadresse in Deggingen ankamen, herrschte im Hof geschäftiges Treiben. Mehrere Arbeiter beluden einen LKW mit Gerüstteilen und Zoschke wandte sich an einen Mann, der gerade aus einem Bauwagen kam, vielleicht etwas älter als Schneider, und der das Geschehen offensichtlich beaufsichtigte. »Guten Tag, wo finden wir denn das Ehepaar Straub?« »Gleich da, neben den Garagen, in dem Haus. Über dem Büro ist die Wohnung. Aber der Herr Straub ist nicht da.« »Macht nichts, danke.«

»Grüß Gott Frau Straub, wir sind von der Kripo Göppingen und würden uns gerne mit Ihnen unterhalten.« »Um Himmels Wille, was wollet Sie denn von mir?« frug die betagte, sicherlich schon weit über siebzig Jahre alte Dame, die sich offensichtlich im Dilemma befand, schwäbisch zu sprechen oder hochdeutsch zu versuchen. Doreen Zoschke übernahm die Gesprächsführung, weil sich Kollege Schneider merkwürdigerweise im Hintergrund hielt: »Eigentlich würden wir uns gerne mit Ihren Kindern unterhalten, die aber vermutlich nicht mehr bei Ihnen wohnen. Und dann hätten wir noch ein paar Fragen zu der Zeit, als Sie in Wiesensteig gewohnt haben:« »Wiesensteig? Des isch ja schon ewig her! Und meine Kinder? Der Michael und der Johannes? Die hent beschtimmt nix angstellt. Das sind gute Kerle, die machen nix, was die Polizei interessieren könnt.«

»Uns geht es zunächst mal um Ihre Tochter Beate. Wo ist die denn?« Frau Straub erschrak merklich, schwieg einige Sekunden »Die Beate? Die existiert für uns nicht mehr. Mein Mann und ich werden uns ewig Vorwürfe machen, dass wir sie so gottlos han werde lasse.« »Was meinen Sie denn damit?« »Ich möcht nicht drüber spreche, die hat Schande über ons bracht!«

»Frau Straub, wir haben eine Leiche gefunden von einer jungen Frau aus den siebziger/achtziger Jahren in dem Haus, in dem Sie damals in Wiesensteig gewohnt haben. Also müssen Sie mir schon antworten.« »Des Luder isch mit ihrem Hippie-Freund nach Indien. Die hat sich immer in Geislingen rumtrieba, im Laden von diesem Jim, wie sie ihn nanntet und en dieser Spelunke Bistro oder Clochard, oder so. Mehr wissen wir nicht, und plötzlich war sie weg und haben nie wieder von ihr ghört. Was haben wir nur falsch gmacht? Unsere Buben sind doch auch anständige Menschen worda.«

Hier schaltete sich Jochen Schneider ein und benutzte sehr bewusst seinen Dialekt: »Frau Straub, des isch jetzt aber sehr, sehr dünn. Sie hend seit vierzig Johr ihre Tochter vermisst, verlore, ond hent net amol a Vermisstenanzeige aufgebe, ond hent Ihr Urteil so klar? Des nehm I ehne net ab! Was isch passiert? Wann isch se weg? Ond I garantier Ihne unabhängig von Ihrem Alder, wir werdet Sie solang froge, bis wir d'Wahrheit kennet. Ond wo isch denn Ihr Ma? Der isch doch sicher au en Ihrem Alder, wo treibt der sich rom?« »Der treibt sich et rom, der isch in dr Biblschtond.« »Ah ja, en welcher Sekte send Sie denn?« »Wir send in koiner Sekte, wir send die wahren Christen.« Schneider konnte sich des Kommentars nicht enthalten: »Und die wahren Christen verstoßen ihre Kinder einfach so und vergessen sie dann? Wir müssen auf jeden Fall auch mit Ihrem Mann reden und kommen wieder.«

»Super, dass Du so reagiert hast, Jochen, die Frau war ja furchtbar. Aber warum warst Du anfangs so still?« »Alte Taktik, wenn Schwaben auf hochdeutsch angesprochen werden, versuchen sie oft auch hochdeutsch zu antworten, das lenkt sie ab, und sie werden unsicher.« »Raffiniert, Herr Kommissar Schneider!« »Erster Hauptkommissar, bitte! Und wann gehen wir mal essen? Muss nicht im Bett enden, wir sind ja beide vergeben.« »Jochen, Du weißt schon, dass Du ein Arsch bist?«

»Was denn jetzt? Erst lobst Du mich und dann bin ich ein Arsch? Egal, mich interessiert jetzt, was ein Immobilienmakler in Göppingen mit einem alten Haus in Wiesensteig zu tun hat, und wie er aus der Liga der Schrottimmobilien in die Bundesliga aufgestiegen ist?« »Dass Ihr Männer immer Fußballanalogien benutzen müsst.« »Fußball ist das wahre Leben!«

szene 22

Als die beiden nach einer wiederum schweigsamen Fahrt vor dem Gebäude der Metzger Immobilien in Göppingen einparkten, musste Zoschke ein »Boah« loswerden. »Ganz schön pompös!« Schneider grinste: »Willkommen in Göppingen. Um beim Fußball zu bleiben, wir Geislinger haben damals immerhin den HSV im Pokal besiegt. Ein Göppinger IT-Unternehmen hat jetzt geglaubt mit zig rausgeschmissenen Millionen bei Manchester United die Trikotwerbung sponsern zu müssen. Wo ist der Fehler?« »Muss ich jetzt nicht verstehen, oder?« »Ich weiß, das wird jetzt zum running gag, aber ich erklär's Dir später.«

»Herr Metzger ist nicht zu sprechen!« wurde den beiden Kommissaren am Empfang der marmorausgestatteten Empfangshalle von »Metzger International Real Estate« beschieden. »Tja, da haben wir ein Problem. Herr Metzger war heute auf 14.30 Uhr bei uns in Geislingen vorgeladen, gerne mit seinem Anwalt. Aber er hat es nicht für nötig gehalten zu erscheinen, noch eine Absage oder einen Alternativtermin durchzugeben. Jetzt haben wir die Mühe auf uns genommen zu ihm zu kommen. Wenn er nicht zu sprechen ist, müssen wir wohl andere Maßnahmen ergreifen, immerhin geht es um eine Mordermittlung.« entgegnete Doreen Zoschke. »Augenblick, ich frage nochmals nach,« antwortete die merklich eingeschüchterte Empfangsdame.

»Frau Kommissarin, Herr Kommissar, was kann ich für Sie tun?« ein etwa 65-jähriger, braungebrannter, mit Einsteck- und Halstuch ausgestatteter Herr, der zu 100 Prozent dem Klischee eines Immobilienmaklers entsprach, begrüßte sie nur wenige Minuten später in seinem Büro in der obersten Etage. »Es tut mir leid, ein dummes Missverständnis meiner Sekretärin, selbstverständlich unterstütze ich unsere Polizei wo immer es geht!« Schneider, dem dieser Typus Geschäftsmann zutiefst zuwider war, konnte sich den Kommentar »Na, dann sehen wir mal, was hier geht,« nicht verkneifen. Die sarkastische Bemerkung Schneiders ignorierend, entgegnete Metzger, »Sagen Sie mir einfach, wie ich Ihnen helfen kann. Soweit ich bisher gehört habe, wurde eine Fasnetshexe in einem Haus gefunden, das mir vor vielen Jahren einmal gehört haben soll.«

Schneider wusste, dass er sich beherrschen sollte und sagte trotzdem: »Ja, nur dass die Fasnetshexe ein schwangeres, junges Mädchen war, das damals ermordet wurde.« »Was heißt damals? Ich kann mich an diese einzelne Immobilie natürlich nicht erinnern, wir haben weit über 1.000 Häuser verkauft und verwalten mehr als 3.000 Wohnungen, wir sind hier in Deutschland, in Spanien, Portugal, der Türkei, in USA und in Asien aktiv.« »1979 auch schon?«

»Nun, da haben wir in der Tat gerade angefangen, aber Sie werden nicht ernsthaft erwarten, dass ich mich daran erinnern kann. Sehen Sie, ich lebe die meiste Zeit des Jahres in Florida, wir haben wirklich Glück, dass Sie mich gerade antreffen.«

Schneider hatte seine Hausaufgaben gemacht »Wir? 1979 haben Sie noch in Geislingen gewohnt und haben angefangen Immobilien zu kaufen. Woher hatten Sie das Geld? Sie haben doch eine Banklehre gemacht, wurden nicht übernommen, und dann kaufen Sie plötzlich Häuser?« »Ich denke, wenn Sie mir mit solchen haltlosen Unterstellungen kommen, sollten wir das Gespräch jetzt beenden und in Anwesenheit meines Anwalts weiterführen. Ich bin ein unbescholtener Bürger und weiß, wie ich mich gegen Polizeiwillkür wehren kann. Schluß jetzt, ich wollte Ihnen helfen, aber wenn Sie mir so kommen.«

szene 21

Der Typ hat Dreck am Stecken, überhaupt keine Frage, aber was soll er mit der Ermordung von Beate Straub, wenn sie es denn war, zu tun haben? Oder verfolgst Du hier ohne Absprache mit dem LKA die Mafia-Geschichte?« »Doreen, so blöd das jetzt klingen mag, für mich gehört das zusammen. Nein, ich glaube auch, dass die arme Beate Straub, wenn sie es denn war, wie Du richtig sagst, in irgendeinen Konflikt reingeraten ist, der vermutlich nichts mit der Mafia zu tun hatte. Aber wurde sie von ihrer Familie umgebracht? Die sind vielleicht furchtbar, aber sie bringen nicht ihre Kinder um. Die verstoßen sie vielleicht, weil sie an Faschingsumzügen teilnehmen oder kiffen oder vielleicht auch schwanger werden, aber umbringen – nein, das glaube ich nicht. Aber Metzgers erstes Investment in Wiesensteig, ein popeliges Haus, er hatte eigentlich kein Geld, der Umbau damals. Da stimmt was nicht.«

Wie Schneider aus langer Erfahrung wusste, ausschließlich nur eine Spur zu verfolgen, konnte in einer fatalen Sackgasse enden.

»Und wenn es gar nicht Beate Straub war, und sie heute als fröhliche Großmutter in Indien oder sonst wo lebt? Oder einfach woanders ein neues Leben angefangen hat, ohne diesen furchtbaren Vater?« Zoschke grinste Schneider an. »Ein Glück, dass ich ein paar Haare, die bei den Straubs auf der Tischdecke lagen, mitgenommen habe. Ich schau gleich mal bei Sven vorbei. Die DNA lügt nicht.«

»Respekt, Frau Kollegin! Wenn es Beate war, würden wir uns wem zuwenden? Ihrem Umfeld natürlich, von ihrer Familie wird da wenig Hilfe kommen. Aber ihre Mutter hat das Clochard erwähnt, da kann ich natürlich nachfragen, und den Jim, der hatte damals einen Laden mit indischen Produkten, und hat wohl auch etwas Gras verkauft. Aber! Sie hatte ein Narrenhäs an. Das ist doch wohl ein Zeichen, dass sie in zwei Welten gelebt hat!« »Und wenn Du ihre religiöse Familie dazu nimmst, in drei Welten, die sich nicht unbedingt vertragen haben.« »Ok, bevor wir uns endgültig auf die Straub-Tochter fokussieren, liefern wir jetzt die Haare ab, machen Feierabend und warten die DNA-Ergebnisse ab.

szene 24

»Hi Sven, habt Ihr schon was aus den Haarproben rausfinden können?« »Ja, danke für die Nachtschicht, ich hatte schon schönere Nächte, erst gestern übrigens, wie sieht es bei Dir aus?« »Sorry, ja, das war schön, aber jetzt lass uns über die Arbeit sprechen – hast Du mit den Haaren was anfangen können?« »Definitiver Treffer, die Haare stammen von einem nahen Verwandten der Toten, um klar zu sein von der Mutter.« »Phhh, damit haben wir die Leiche wirklich identifiziert? Das bringt uns echt weiter, danke Sven.«

»Kein Thema, ist mein Job. Wann sehen wir uns wieder? Sehen wir uns wieder?« Doreen zögerte mit einer Antwort, weil sie sich überhaupt nicht im Klaren darüber war, wie und ob das mit Sven weitergehen sollte. Ein Kollege und verheiratet – die Probleme waren vorhersehbar. Wollte sie sich das antun? Klar, der Abend, die Nacht im Staufeneck waren echt schön gewesen, aber wollte sie sich jetzt, kaum in Göppingen angekommen schon wieder binden, und dann mit Sven? »Du, lass uns in Ruhe reden, jetzt machen wir erstmal unsere Arbeit, ja? Ciao, bis später.«

Als sich die beiden Kommissare auf dem Revier trafen, war klar, sie hatten einen großen Schritt nach vorne gemacht. Wie sollten sie weiter vorgehen? Schneider schlug vor: »Was hältst Du davon, wenn Du die Familie übernimmst und ich versuche endlich Beates Spuren bei den

Narren nachzugehen?«»Ja mach das mal, Du bist ja von der Faschingsszene eh schon angefixt!«»Was heißt hier angefixt? Ich finde die Leute, und das war mir nie so bewusst, leisten einen echten Beitrag zum Gemeinschaftsgefühl hier in der Region. Und das finde ich gut! Und ich gehe auch davon aus, dass sie uns helfen werden.« Schneider war tatsächlich von sich selbst überrascht, die Fasnet hatte ihn früher kaltgelassen, aber er musste sich eingestehen, dass er sich nie wirklich damit beschäftigt hatte. Er hatte zwar mit Bedauern zur Kenntnis genommen, wie sich in den letzten zwanzig, dreißig Jahren die Region verändert hatte. In Geislingen hatten viele Bäcker, Metzger und andere Geschäfte aufgeben müssen, das Sonne-Center war im Prinzip eine bessere Bauruine und am Städtischen Sportplatz wurde eine dieser seelenlosen Shopping Malls hochgezogen, mit überwiegend Billigläden, die es weltweit überall gab und in der er jedenfalls nie einkaufen würde. Das alles war zwar für ihn ein echter Verlust, aber er hatte sich nie wirklich gefragt, warum das so geschehen war. Er war kein politischer Mensch, Ungerechtigkeiten regten ihn auf, aber in seinem privaten Kosmos war alles mehr oder weniger in Ordnung. Im Clochard waren immer schon Leute gewesen, die früher für den Sozialismus, gegen die Atomraketen, gegen das Einkaufszentrum oder jetzt gegen den Klimawandel aktiv waren. Er fand die alle in Ordnung, aber hatte sich da ebenso rausgehalten, wie bei Anfragen doch bei irgendwelchen Vereinen mitzumachen.

Das Gespräch mit Rainer Traub von der Auendorfer Narrenzunft hatte ihn irgendwie nachdenklich gemacht. Wenn die es schafften, innerhalb weniger Jahre einen guten Teil der Leute dort in ihren Verein einzubinden, war das schon richtig gut. Die hatten ein gemeinsames Projekt, kümmerten sich umeinander und hatten Spaß miteinander. Und – sie wussten Bescheid, was der andere macht. Selbst in kleineren Städten wie Geislingen war das längst nicht mehr der Fall.

War das noch so als Beate Straub umgebracht wurde? Da gab es diese linke, alternative Szene in Geislingen, aber sie war auch in Wiesensteig oder den umliegenden Dörfern in der Fasnetswelt unterwegs. Das Häs, das an ihrer Leiche gefunden wurde, deutete eindeutig darauf hin, dass er sich zunächst einmal darum kümmern sollte, ohne die Geislinger Szene und vor allem auch mögliche Verbindungen zu diesem merkwürdigen Immobilienspekulanten zu vernachlässigen.

Während sich Schneider am Schreibtisch seinen Überlegungen hingab, war seine Kollegin bereits wieder auf dem Weg nach Deggingen zur Familie Straub.

szene 25

»Grüß Gott, Sie sind die Kommissarin, die mit meiner Frau bereits gesprochen hat? Gottes Segen mit Ihnen, treten Sie ein,« wurde Doreen Zoschke von einem würdevollen älteren Mann begrüßt, der formvollendet mit Anzug und Krawatte bekleidet war. »Was kann ich Ihnen noch sagen, was meine Frau nicht bereits mitgeteilt hat?« »Herr Straub, ist Ihre Frau auch da? Ich habe Ihnen beiden leider eine traurige Mitteilung zu machen.« »Wieso, was? Aber ja, kommen sie mit in die Küche, meine Frau ist am Kochen. Was wollen Sie uns sagen?«

In der Küche war Frau Straub damit beschäftigt eine Unmenge an Kartoffeln zu schälen. »Grüß Gott Frau Kommissarin, i mach grad Kartoffelsalat für onser Gemeindetreffa morgen.« »Frau Straub, Herr Straub, ich muss Ihnen leider mitteilen, dass es sich bei der Leiche, die wir in Ihrem früheren Haus in Wiesensteig gefunden haben, um Ihre Tochter Beate handelt. Mein herzliches Beileid! Sie werden sicher verstehen, wenn ich nun einige Fragen an Sie habe.« Das Ehepaar Straub reagierte überhaupt nicht, weder blickten sie sich an, noch gab es sonst eine emotionale Reaktion. Frau Straub nahm sich eine weitere Kartoffel zum Schälen und ihr Mann trat ans Küchenfenster, und schaute in den Garten.

»Entschuldigung, ich sage Ihnen gerade, dass Ihre Tochter tot ist, und ich verstehe natürlich, dass dies schwierig für Sie ist, aber könnten Sie mir vielleicht etwas sagen? Die Leiche von Beate wurde in Ihrem Haus gefunden!«

»Wen immer Sie gefunden haben, das war nicht mehr unsere Tochter. Das Kind, das meine Frau geboren hat, ist abtrünnig geworden und hat uns verlassen.« »Ja, das stimmt. Sie hat Sie verlassen weil sie ermordet wurde, und zwar in Ihrem Haus.« Keine Antwort, keine Reaktion, das Ehepaar Straub blieb stumm, sie Kartoffel schälend, er aus dem Fenster nun auf die Garagen seiner Bauunternehmung, die neben dem Garten lagen, starrend.

»Haben Sie uns wenigstens Fotos von Beate, damit wir uns in ihrem mutmaßlichen Bekanntenkreis umhören können?« »Nein, haben wir nicht,« kam die kurz angebundene Antwort des Vaters des toten Mädchens.

Doreen Zoschke war schon übel nach dem ersten Gespräch mit Frau Straub, in Anwesenheit ihres Mannes verdoppelte sich die Bigotterie offensichtlich nochmals. »Jetzt passen Sie mal auf, ich bin seit Jahren bei der Kripo und habe leider schon viele Todesmeldungen an Verwandte oder Freunde überbringen müssen. Aber so etwas gefühlskaltes wie bei Ihnen ist mir noch nie passiert! Haben Sie Ihre Tochter umgebracht?«

»Was fällt Ihnen ein, wir sind Christen, wir ehren das Leben!« antwortetet Straub empört, »unsere Tochter Beate hat sich von uns und Gott abgewandt. Sie war eine ehrlose Person, die sich mit diesen heidnischen Karnevalsmenschen eingelassen und sich mit dem kommunistischen Drogensindel in Geislingen rumgetrieben hat. Sie hat für uns nicht mehr existiert!«

Doreen Zoschke war stinksauer: »Sehr christlich, wirklich! Und wo hat Beate gewohnt, als sie getötet wurde? Und warum wurde ihre Leiche in Ihrem ehemaligen Haus gefunden? Wir sprechen jetzt mal Klartext. Für mich sind Sie die Hauptverdächtigen an der Ermordung Ihrer Tochter Beate. Ich bestelle Sie hiermit offiziell ein nach Geislingen auf unser Revier. Da haben Sie dann einiges zu erklären!«

szene 26

Als Zoschke, zurück im Geislinger Revier, wieder auf Schneider traf, hatte sie sich immer noch nicht beruhigt: »Jochen, was ist an Fasnet, ja, ich habe das Wort gelernt, heidnisch? Unabhängig von ihrem »gottlosen« Umgang von Beate in Geislingen scheinen die Straubs einen besonderen Hass auf die Faschingsleute zu haben, was aus meiner Sicht nun absoluter Unfug ist, oder?« »Ja, ich glaube die leben in einer anderen Welt. Macht sie das aber schuldig? Was wissen wir denn? Glaubst Du die Straubs waren so blöd sie in ihrem eigenen Haus einzumauern, wenn sie sie ermordet haben? Die sind zwar merkwürdig, aber nicht dumm.« »Aber dann erklär mir doch, wenn Du weiterhin die Fasnetsspur verfolgst, wie sie in ihrem Elternhaus eingemauert werden konnte?«

»Ich habe keine Ahnung! Wir wissen zwar inzwischen, wer sie war, aber sonst haben wir noch gar nichts, außer der Tatsache, dass ihre bigotten Eltern dort gelebt haben. Damals gab es ja noch keine DNA-Erkennung, vielleicht haben sie geglaubt die Leiche wäre nicht zu identifizieren. Aber eigentlich auch Quatsch, sie mussten ja damit rechnen, dass wir nach Beate suchen.«

Schneider war wirklich ratlos, da gab es die Spur zu diesem obskuren Immobilienhai Metzger, der aber kein Interesse daran haben konnte, in einem von ihm, womöglich mit Schwarzgeld, erworbenen Haus eine Leiche zu verstecken.

Die Eltern? Religiösen Fanatikern, egal ob Muslims, Hindus oder Christen, misstraute er zutiefst. Er wusste, dass die Fasnet eher in katholisch geprägten Gemeinden gefeiert wurde, aber warum das so war? Hatte sicher seine historischen Ursachen und es durfte nicht allzu schwer sein, diese zu erfahren.

Aber ganz konkret mussten sie herausfinden, wer den Umbau damals beauftragt, durchgeführt und Beates Leiche in dem Hohlraum hinter dem Bad versteckt hatte. Und was hatte die Narrenbekleidung von Bea, wie sie im Ermittlungsteam inzwischen genannt wurde, damit zu tun? Die Vermutung lag logischerweise nahe, dass sie an den Fasnetstagen ermordet worden war. Und sie wussten immer noch nicht zu welcher Zunft sie gehört hatte, die KTU konnte aufgrund der verblichenen Farben bisher keine Zuordnung vornehmen.

»Wenn ich jetzt doch noch die Vorstände der Fasnetszünfte abklappere – glaubst Du, die werden sich noch an ein Mädchen aus den siebziger, achtziger Jahre erinnern? Wenn Sie damals überhaupt schon dabei waren? Sicher haben die ihre Mitgliederlisten, ich werde sie finden.« »Sag mal Jochen, hattest Du nicht erwähnt, dass es in Ditzenbach eine Schneiderin gibt, die die ganzen Kostüme, nein ich weiß, die Häs macht? Die müsste sich doch auskennen.« »Gute Idee, Irene, machst Du mir einen Termin bei Ihr?« »Wenn Du mir einen Namen gibst, sehr gerne.« »Phh, sorry, ruf den Wolfgang Heller an, der weiß das sicher. Und frag ihn bitte, ob er Zeit hätte mich bei den Gesprächen mit den Zünften zu begleiten, er gehört ja praktisch zu uns, und ist dort natürlich akzeptiert.«

szene 27

Als das Ehepaar Straub in das Geislinger Polizeirevier begleitet wurde, war ihnen anzumerken, dass dies eine neue Erfahrung für sie war. Sie traten unsicher um sich schauend ein, hielten sich an den Händen und als sie Doreen Zoschke ins Vernehmungszimmer bat, sanken sie körperlich noch ein Stück zusammen.

»Sie wissen, warum Sie hier sind. Die Leiche Ihrer Tochter wurde in Ihrem früheren Haus gefunden. Ihre Reaktion, als ich Ihnen diese Nachricht überbracht habe, war mehr als merkwürdig. Was haben Sie uns jetzt zu sagen? Und verschonen Sie mich mit religiösen Phrasen!«

»Ich habe Ihnen schon gesagt, dass wir als Christen niemals jemanden töten könnten, schon gar nicht, wenn es unser Fleisch und Blut war. Aber Beate hatte uns verlassen, auch wenn sie noch bei uns wohnte. Mit ihr war nicht mehr zu reden, sie hatte nur noch Widerworte und ihr Umgang war einfach schrecklich. Und dabei hatte sie doch ganz andere Möglichkeiten.« Herr Straub versuchte offensichtlich sein Selbstbewusstsein zurück zu gewinnen und war bereit dagegen zu halten.

Doreen Zoschke musste sich bereits wieder zurückhalten: »Ja, Herr Straub, das hatten wir bereits bei Ihnen zu Hause. Aber was uns hier interessiert, ist immer noch: wie kommt die Leiche Ihrer Tochter in diese versteckte Kammer in Ihrem Haus? Und bitte keine billigen Ausflüchte! Beate wurde in einem Fasnetskostüm ermordet und hinter Ihrem Badezimmer versteckt. Und davon wollen Sie nichts mitbekommen haben? Sie haben doch das Haus, bevor sie es verkauft haben noch umgebaut. Wer hat das gemacht, sicher doch Sie selbst. Sie hatten doch damals schon ein kleines Bauunternehmen?«

Straub, seine Frau saß immer noch zusammengesunken neben ihm, hatte inzwischen die Haltung komplett wiedergefunden und startete seinen Gegenangriff: »Sie wollen uns doch gar nicht glauben. Ich höre doch, woher Sie kommen, Sie wissen gar nicht was Christentum ist. Jetzt hören Sie mir mal zu: Beate hatte mit diesem Fasnetszeug, mit diesen Hexen und anderen Figuren jegliche Hemmung verloren. Die haben doch nur ihr Vergnügen im Sinn und vergessen jeglichen Anstand und Würde.«

Bevor Doreen Zoschke antworten konnte, betrat Jochen Schneider, der das Verhör bisher aus dem Nebenraum verfolgt hatte, den Verhörraum und legte sofort los: »Herr Straub, wir kennen uns noch nicht, ich bin Erster Kriminalhauptkommissar Schneider, der Kollege von Kriminalhauptkommissarin Zoschke. Ich verbitte mir jegliche unverschämten Bemerkungen bezüglich meiner Kollegin und erwarte jetzt endlich konkrete Antworten auf ihre Fragen. Ansonsten werden Sie die Nacht hier im Gefängnis verbringen. Wir gehen jetzt mal kurz raus und dann haben Sie die Chance nachzudenken und danach eventuell doch noch heim zu gehen.« Die beiden Polizisten verließen den Raum.
»Lassen wir Sie gehen, die sollen morgen wiederkommen. Auch wenn ich sie furchtbar finde, aber die laufen uns

auch nicht weg.« Zoschke blickte Schneider fragend an und der nickte nur. »Hast Recht, die sind jetzt hoffentlich genug eingeschüchtert. Außerdem haben wir jetzt den Telefontermin mit dem LKA.«

szene 28

Jürgen Mäder vom LKA hatte sich über den Tötungsfall im Sole Mio keine Illusionen gemacht. Ein typischer Mafiamord, obwohl sich die diversen Organisationen in den letzten Jahren immer mehr auf seriösere Investments zurück gezogen hatten – Geld mussten sie immer noch waschen. Oft waren die alten Strukturen noch intakt, aber im Sole Mio in Geislingen war etwas schief gelaufen. Aber was? Sie hatten keinen konkreten Ansatz und wenn er ehrlich war, ohne die örtlichen Kräfte kamen sie nicht weiter. Schweren Herzens und ziemlich missmutig wählte er die Nummer von Jochen Schneider.

»Ich weiß, das wird Dir jetzt reinlaufen, aber ich hatte Dir ja gesagt, dass wir zusammenarbeiten wollen. Bei uns blocken alle Mitarbeiter von diesem Francesco ab, die halten völlig dicht, sind fast alles Albaner, und zwei neue Leute, die völlig durch den Wind sind. Hättet Ihr da einen Ansatz?«

Schneider, der vom Ton dieses Gesprächs doch überrascht war, wollte sich nicht verschließen. Letztendlich zogen sie an einem Strang. Und dass Mäder ihn schon immer als Konkurrent gesehen hatte, war, unabhängig von seiner Verbundenheit mit Geislingen, der eigentliche Anlass gewesen nicht zum LKA zu wechseln. Er hatte auch einfach keinen Bock in einer Arschkriecherumgebung zu arbeiten, in der es sich zu oft nicht um die eigentliche Arbeit handelte, sondern darum, sich gegenüber den Vorgesetzten zu profilieren und politisch zu agieren. Aber hier ging es darum einen Mord zu klären. Und wenn Ihn Mäder schon um Hilfe fragte, war er der Letzte der sich verweigern würde.

»Ganz ehrlich, ich weiß nicht, ob wir über die Mitarbeiter Entscheidendes rauskriegen. Obwohl! Irene, die bei uns den Laden schmeißt, war vor kurzem dort und da war plötzlich alles super. Ich schicke sie mal hin. Die kann mit den Leuten. Aber interessanter für Euch müssten doch eigentlich die Eigentumsverhältnisse des Sole Mio sein, oder? Falls Du mir jetzt sagen würdest, die Immobilie gehört Metzger International Estate, oder wie die heißen, würde mich das nicht überraschen.«

Mäder war offensichtlich perplex: »Wie kommst Du denn auf die? Was hast Du da am Laufen? Die gehören uns. Die gehen Dich gar nichts an!«

»So sieht also Deine Zusammenarbeit aus. Denen hat das Haus gehört, wo wir unsere Fasnetsleiche gefunden haben – Du kannst mich mal…«.

»Shit, das wussten wir bisher wirklich noch nicht! Ok, dann seid Ihr drin, ich lasse Dir die Unterlagen zukommen.«

Schneider war sich nicht sicher, ob er Mäder vertrauen konnte, aber immerhin hatte er einen Teilerfolg erzielt. Es war ja außerdem überhaupt nicht klar, ob der Immobilienmensch mit dem Mord an Beate Straub etwas zu tun hatte. Aber dass Metzger Dreck am Stecken hatte war offensichtlich.

szene 29

Am nächsten Morgen hatte Doreen Zoschke das nächste Verhör mit den Straubs vor sich. Wäre Schneider nicht mit der Fasnetsspur beschäftigt gewesen, hätte sie ihn gebeten für sie einzuspringen. Sie fühlte sich von der Gefühlskälte und dem religiösen Fanatismus des Ehepaars abgestoßen, wusste aber natürlich, dass sie professionell und rational handeln musste. Und außerdem, Schneider hatte sich gestern mit den Straubs genauso angelegt, als er eingegriffen und sie verteidigt hatte.

»Guten Morgen, ich möchte Ihnen noch einmal die Gelegenheit geben, mit uns gemeinsam die Umstände des Todes Ihrer Tochter zu rekonstruieren und zu klären. Ihre religiösen Einstellungen sind Ihre Privatangelegenheit und selbstverständlich haben Sie ein Recht darauf, von mir fair und unparteiisch behandelt zu werden. Lassen Sie uns also bitte konstruktiv miteinander umgehen.

Sie hatten ernste Differenzen mit Ihrer Tochter, weil sie nicht das Leben führte, wie sie es sich vorgestellt hatten. Trotzdem wohnte sie noch bei Ihnen in Wiesensteig. Sie war doch volljährig, warum also?«

Wie bereits in den ersten Gesprächen ergriff Herr Straub das Wort, seine Frau schaute auf ihn und war es wohl auch gewohnt sich zurück zu halten: »Beate war immer ein schwieriges Mädchen. Auch wenn es Ihnen nicht passen mag, aber es gibt einfach Unterschiede zwischen

Männern und Frauen, und Beate wollte unbedingt auf das Gymnasium, was ihr ihre Lehrerin in der Grundschule eingeredet hatte. Wir haben dann irgendwann zugestimmt und das Resultat haben wir ja dann gesehen.«

Zoschke war innerlich schon wieder auf 180, aber versuchte doch nach außen ruhig zu bleiben: »Das war Ende der 60er, Anfang der 70er Jahre, da war es doch schon normal das auch Mädchen auf das Gymnasium gingen und sich ein eigenes Leben gewünscht haben. Aber was meinen Sie mit dem Resultat?« »Sie wurde schon mit 12 oder 13 immer widerspenstiger, wusste alles besser und hinterfragte unsere heiligsten Grundsätze. Wir mussten sie geradezu in die Kirche schleppen. Und als sie dann 16 wurde, war sie immer öfter, auch abends, in Geislingen, obwohl ich ihr das kategorisch verboten hatte. Aber sie kümmerte sich einfach nicht darum, das Taschengeld hatte ich ihr gestrichen und trotzdem hatte sie irgendwo her Geld. Ich habe noch nie einen Menschen geschlagen, aber damals habe ich mich schon gefragt, ob ich nicht zu weich war. Und dann begann plötzlich noch ihre Manie mit den Faschingsmenschen in der ganzen Gegend. Als ob es nicht gereicht hätte, dass sie sich mit diesen Kommunisten und Haschbrüdern in Geislingen herumgetrieben hat, nun kam auch noch dieses zügellose Volk dazu.«

Zum ersten Mal meldete sich seine Frau zu Wort: »Aber des war doch wegen diesem Forststudenten, mit dem sie sich getroffen hat. Dabei hatten wir ihr so einen guten...« »Das spielt hier keine Rolle,« unterbrach sie ihr Mann und fuhr fort: »Ja, wir wussten, dass sie sich mit einem trifft und möchten uns gar nicht ausmalen, was sie mit diesem Menschen getrieben hat.«

Zoschke hatte sich lange überlegt, wann sie den Straubs die volle Wahrheit mitteilen sollte. Der Moment war nun wohl gekommen. »Ich fürchte, das kann ich Ihnen sagen. Unsere Untersuchung hat ergeben, dass Beate schwanger war. Haben Sie das nicht gewusst? Wer war ihr Freund, dieser Forststudent?«

Sie konnte die Reaktion der beiden nicht wirklich lesen, er hatte seinen, ihr bereits bekannten, starren Blick aufgesetzt und sie zeigte ihre übliche, leere, traurige Miene.

»Entschuldigung, ich habe Ihnen Fragen gestellt. Würden Sie bitte darauf antworten? Ihre Reaktion zeigt mir schon, dass Sie nicht so ahnungslos waren, wie Sie es bisher vorgegeben haben. Wissen Sie, ich muss das nochmals sagen, bisher sind Sie die Hauptverdächtigen am Mord Ihrer eigenen Tochter. Wenn Sie nicht mit uns sprechen, werden wir Sie dann doch noch einstweilig festnehmen müssen, vielleicht reden Sie dann?«

Frau Straub, mit Tränen in den Augen, antwortete endlich: »Wir wolltet doch nur das Beste für sie, dass sie sich in unsere Gemeinschaft einfügt, und ein anständiges Leben führt. Mit diesem Förster, der hat sie immer mit dem Moped abgeholt, und wir wusstet, des geht nicht gut aus. Der gehörte nicht zu uns. Und dann hat er sie noch zu diesen Narren gebracht, wo sie dann unbedingt mitmachen musste. Und jetzt sagen sie uns doch tatsächlich, dass sie schwanger war?«

»Ja, das ist so. Deshalb kann ich Sie auch nicht einfach aus der Verantwortung lassen. Sie haben sich in unseren ersten Gesprächen ihrer Tochter gegenüber so feindlich und abweisend geäußert, dass ich da einfach nachhaken muss! Ich habe noch ganz viele Fragen, aber vor allem interessieren mich die Tage, als sie verschwunden ist. Wir vermuten Fasnet 1978 oder 1979, aber Sie können uns da sicher weiterhelfen? Und bitte jetzt keine Ausflüchte mehr – wenn ein Kind verschwindet, bleibt das im Gedächtnis. Wann haben Sie Beate das letzte Mal gesehen, was ist da passiert, was haben sie gesprochen, gemacht?« Die Antwort von Straub war einsilbig und nicht hilfreich. »Das wissen wir nicht mehr, sie war ja eh kaum zu Hause, auch wenn sie noch ihr Zimmer hatte. Irgendwann war sie einfach weg.«

Zoschke spürte, dass zumindest Frau Straub richtig mitgenommen war. Ihr Mann versuchte sein Pokerface zu bewahren, und sie konnte ihn nicht wirklich einschätzen. Wusste er von den Hintergründen, hatte er etwas mit dem Mord an seiner Tochter zu tun, oder was wollte er verbergen? Sollte sie das Verhör jetzt fortsetzen, oder besser den beiden nochmals die Gelegenheit geben, sich zu besinnen und endlich ehrlich zu sein?

Nach kurzer Absprache mit Schneider entschlossen sie sich das Ehepaar wieder nach Hause gehen zu lassen.

szene 30

Jochen Schneider war froh, dass er sich nicht um die Straubs kümmern musste, sondern, wie in den letzten Tagen so oft, zwar auch in Richtung Täle unterwegs war, aber andere Ziele hatte. Er wollte endlich herausfinden in welcher Zunft er eine Spur von Beate Straub finden konnte. Die Auendorfer Hommelhenker schieden ja aus, weil es sie zur fraglichen Zeit noch gar nicht gegeben hatte, aber der Rainer Traub, ihr Vorsitzender, hatte ihm die Ansprechpartner in Gosbach, Deggingen und Wiesensteig inzwischen durchgegeben. Doreen war sicherlich anderweitig beschäftigt gewesen, aber er hatte sie ganz am Anfang ihrer Ermittlungen damit beauftragt. Das würde er sich schon merken.

Er hatte Termine in Wiesensteig, Gosbach, Deggingen und oben in Westerheim und hatte sich zum Ziel gesetzt nicht nur herauszufinden, ob Beate Straub in einer der Zünfte dabei gewesen war, sondern auch die Identität des ominösen Freundes, dieses Forststudenten zu klären.

Natürlich war ihm klar, dass seine Suche nach Beate Straub ohne ein Foto von ihr in der Hand zu haben, nur sehr überschaubare Erfolgsaussichten hatte. Er konnte nur hoffen, dass ihr Name in Erinnerung geblieben oder in irgendeinem Vereinsregister aufgeführt war. Er wollte in Wiesensteig beginnen und traf sich mit dem Vorstand der Filstalhexen.

»Hallo, ich bin der Uwe und das ist die Bianca. Was können wir für Dich tun? Oh, Entschuldigung Herr Kommissar, aber wir duzen uns hier alle. Wie können wir Ihnen helfen?« »Nein, nein, duzen ist schon ok, ich bin der Jochen. Habt Ihr Mitgliederlisten aus den 70/80er Jahren? Oder noch besser, kennt jemand von Euch die Beate Straub? Ich habe leider kein Foto von ihr.«

»Oh je, wir können uns gerne umhören, und auch gerne nachschauen. Aber die Bianca ist, wie Du siehst, viel, viel jünger als ich und ich bin 52. Das war lange vor unserer Zeit. Aber wir fragen!« Natürlich war die Antwort der Vorsitzenden der Filstalhexen etwas frustrierend. Schneider dankte den beiden und machte sich seufzend auf den Weg nach Gosbach zur Breithutgilde, wo er auf dieselben Auskünfte traf.

szene 31

Schneider war dennoch nicht gänzlich unzufrieden mit den geführten Gesprächen, auch wenn er keine konkreten Ergebnisse in der Hand hatte. Aber er wusste, dass er nicht mit allen Zünften reden konnte und hatte Irene Bechtle gebeten, telefonisch Kontakt aufzunehmen. Ihm war schon ganz schwindlig geworden, als ihm Irene die Liste der Zünfte durchgemailt hatte. Gründlich wie sie war, hatte sie nicht nur im Täle sondern auch in der Umgebung recherchiert.

Die Liste war umfangreich, das Fasnetsleben in der Region war wohl noch lebendiger als er gedacht hatte: die Tälesgoißa und die Filstalhexen in Wiesensteig. Die Mühlenhexen und die Brühlkuckucke aus Mühlhausen und in Gosbach gab es die Breithutgilde und die Leimbergweible, in Deggingen die Leirakiebl und die Fleggahopfer und in Auendorf die Gansloser Hommelhenker. Und in Ditzenbach die Misthexen. Und er wollte jetzt nicht weitergehen zu den Kirschkernspuckern aus Heiningen oder den Höllaseglern aus Reichenbach.

Sie alle würden sie kontaktieren, aber die Wahrscheinlichkeit Beate's Spur in Wiesensteig oder in den Nachbargemeinden zu finden, war doch am höchsten.

War es inzwischen zu spät noch bei der Schneiderin der Fasnetshäs vorbeizuschauen, die von den Auendorfern erwähnt worden war? Sie wohnte in Ditzenbach und Wolfgang, der Kollege von der Bereitschaftspolizei hatte ihm bei ihrem Gespräch die Nummer gegeben. »Frau Schneider, hier auch Schneider von der Kripo in Geislingen. Wir bräuchten Ihre Hilfe in einem lange zurück liegenden Mordfall, in dem es um ein Fasnachtshäs geht. Ich bin gerade in Gosbach und würde gerne noch gleich bei Ihnen vorbeischauen, passt das?« Seine Namensvetterin antwortete freundlich: »Ja klar, ich bin zu Hause. Ihre Frau Bechtle hatte mich doch schon angerufen. Sie haben die Adresse? Dann bis gleich.« Natürlich, ein Blick auf seine ungelesenen SMS zeigte ihm, dass sich Irene Bechtle schon lange darum gekümmert hatte.

szene 32

Frau Schneider, danke dass Sie so kurzfristig Zeit haben, das ist ja jetzt eine dreifache Übereinstimmung. Wir haben beide den gleichen Nachnamen und, das haben Sie sicher schon öfters gehört, Sie haben Ihren Namen auch zum Beruf gemacht.«»Ja, das höre ich echt jeden Tag, aber es gibt wirklich schlimmeres. Wie kann ich Ihnen helfen?« Karolin Schneider war eine sympathisch wirkende Endfünfzigerin, die in einem skandinavisch anmutenden Holzhaus am Dorfende von Ditzenbach wohnte. »Kommen Sie erstmal rein. Wollen Sie einen Tee? Da lässt es sich besser reden.«»Ja, gerne, warum nicht.« Schneider, der eigentlich kein Teetrinker war, konnte nicht nein sagen. Er war es gewohnt, zurückhaltend und ängstlich empfangen zu werden. Frau Schneider schien eher positiv neugierig und vorbereitet auf seinem Besuch.»Gehen Sie mal rechts in mein Atelier und schauen Sie sich um, ich mache uns schnell den Tee. Grün ist ok für Sie?«»Wie, grün? Ach so, grüner Tee, ja? Habe ich noch nie getrunken, aber ja gerne.« In ihrem Atelier waren zwei Wände mit Kleiderständern bestückt, die die unterschiedlichsten Fasnetsmonturen trugen. Farblich sehr verschieden, aber alle irgendwie, für sein laienhaftes Verständnis, mit Fransen, unterschiedlich angeordnet, aber doch ähnlich.

»So, Herr Kommissar, hier ist unser Tee. Sie wollen wissen von mir wissen zu welcher Zunft ihre Leiche gehört hat.

Der Wolfgang hat mich schon vorgewarnt. Mal sehen, ob ich Ihnen helfen kann. Ich mache seit etwa 30 Jahren für verschiedene Zünfte die Kostüme, also müsste ich schon meine Arbeit erkennen können. Schmeckt Ihnen der Tee?« »Ja, danke, wirklich gut. Aber schauen Sie mal auf diese Bilder. Können Sie daraus eine Zunft erkennen?« Schneider zeigte ihr Detailaufnahmen, die er von der KTU bekommen hatte. »Phh, da sind ja gar keine Farben mehr erkennbar. Aber der Schnitt, die Anordnung, ich weiß nicht. Haben Sie denn nur solche Detailaufnahmen? Wenn ich das ganze Kostüm sehen könnte.« »Glauben Sie mir, das möchten Sie nicht sehen und außerdem wäre da für Sie auch nicht mehr zu erkennen. Das tote Mädchen lag über 40 Jahre in einem feuchten Raum. Haben Sie denn keine Idee?.« »Also wenn ich den Schnitt und das Material sehen könnte, vielleicht. Ich kenne ja die Kostüme auch aus der Zeit, bevor ich da eingestiegen bin. Wenn ich helfen kann, gerne.« »Liebe Frau Namensgenossin, danke. Ich melde mich.« Schneider war zwar etwas enttäuscht wiederum nicht wirklich weitergekommen zu sein, aber er würde da nicht aufgeben. Karolin Schneider war bereit zu helfen.

szene 33

Doreen Zoschke hatte die Straubs am Ende nach Hause gehen lassen, sie sah keine Fluchtgefahr und hoffte, dass Frau Straub ihrem Mann ins Gewissen reden und die beiden endlich ihre borniete Verweigerungshaltung beenden würden.

»Wir werden unser Gespräch morgen früh, meinetwegen auch bei Ihnen, weiterführen und dann möchte ehrliche Antworten, keine religiösen Belehrungen mehr und vor allem möchte ich Fotos von Beate haben. Und erzählen Sie mir nicht, dass Sie alle Familienbilder mit ihr vernichtet haben.«

Als Schneider wieder im Kommissariat auftauchte und er sie über seine Tälestour informiert hatte, meinte Zoschke frustriert: »Eigentlich wissen wir schon ganz schön viel und doch wissen wir nichts, nicht einmal, wie sie ausgesehen hat.« »Ja, aber wie Du sagst, wir kommen voran. Lass uns Feierabend machen.« »Moment, meine Herrschaften, was reißt hier ein, spät kommen, dazwischen unterwegs sein und dann auch noch früh gehen?«

Irene Bechtle grinste sie an: »Wann habt Ihr denn morgen Zeit für Euren Freund vom LKA. Der würde gerne zusammen mit Euch diesen Herrn Metzger in unserem Kommissariat in Göppingen befragen.« »Das glaube ich jetzt nicht, der Mäder hält tatsächlich sein Wort. Doreen um 10.00 Uhr ok? Ach nein, Du bist ja bei den Straubs, also lieber gegen 12.00 Uhr.«

»Gut, dann dürft Ihr jetzt gehen.«»Danke Chefin, überleg Dir das wirklich mit dem höheren Dienst Irene, dann kannst Du uns nicht mehr herumkommandieren.«»Und Du lieber Jochen würdest im Chaos versinken, ich habe gesehen, wann Du die Nachricht mit dem Termin bei der Frau Schneider in Ditzenbach gelesen hast.«
»Ich gehe jetzt wirklich, diese weibliche Kontrolle ist ja nicht auszuhalten. Ein Glück, dass meine Frau arbeitet und ich heute Abend das Pokalspiel vom VfB in Ruhe angucken kann.« Irene Bechtle grinste noch breiter als zuvor: »Wir können auch zusammen schauen, bin gespannt wie der VfB heute spielt.«»Erbarmen, gibt es denn keinen Freiraum für uns Männer mehr?«»Sorry, dass es Deine Generation erwischt, aber wir Frauen haben die letzten paar Jahrhunderte das Maul halten müssen und jetzt beklagt Ihr Euch, wenn es endlich etwas gerechter zugeht, und wir uns auch für Fußball interessieren dürfen?«»Nein, nein, wenn Du mich schon in diese Diskussion bringst, ich bin einfach nur ein alter weißer Mann, der zwar begriffen hat, dass Männer idiotischerweise geglaubt haben, wir wären was Besseres als Frauen, und irgendwelche Wirrköpfe glauben das weiße Menschen besser als farbige Menschen sind. Glaube mir, ich bemühe mich, das ist alles richtig. Aber lass mich daran arbeiten und gewöhnen. Aber der Fußball gehört weiterhin uns.«

Bechtle umarmte ihn: »Jochen, das weiß ich doch, dass Du nicht einer von denen bist.«»Nein, das ist ja alles kompliziert. Wenn wir jetzt schon darüber reden, und der VfB spielt erst in einer Stunde, glaubst Du, ich finde es gut wenn 80 Prozent unserer Fälle von sogenannten »Urdeutschen« verübt werden und bei den restlichen 20 Prozent immer gesagt wird, das waren Ausländer? Du weißt Irene, Doreen, Du noch nicht so, aber eigentlich ging mir Politik immer am Arsch vorbei. Uns ging es ja immer gut. Ich habe aber in den letzten Jahren lernen müssen, dass Politik uns total beeinflusst. Und uns geht es ja immer noch gut, und die Welt ist wahnsinnig kompliziert. Aber ich weiß eins, ich will menschlich bleiben, ich bin nicht besser als die arme Sau aus Syrien, Guinea oder Afghanistan. Und ich weiß auch, dass vor hundertachzig Jahren zigtausende aus Deutschland emigrieren mussten und von der Nazizeit wollen wir gar nicht reden, die hätten auch unsere klügsten Leute umgebracht, wenn sie nicht geflohen wären. Gar nicht zu sprechen davon, dass sie fast alle Juden und alle die anders gedacht haben ins KZ gesteckt und ermordet haben. Ihr wisst, dass ich das widerlich finde und ich mich dafür schäme.« Doreen, die bisher geschwiegen hatte, wollte sich gerade einbringen, als sie von Bechtle unterbrochen wurde. »Wir haben ja noch eine halbe Stunde Zeit bevor Jochen zu seinem VfB muss, ich habe drei Kaiserweizen im Kühlschrank. Die trinken wir jetzt und reden weiter, ja?« »Hast Du auch eine Zitrone?« Schneider war bei Kristallweizen eigen. »Ja klar, habe ich, aber keine Reiskörner, aber das macht man ja auch nicht wirklich rein, oder?« »Nur wenn es keines gutes Weizen ist,« erwiderte Schneider und zu Doreen gewandt, »warte noch einen Moment bis Irene zurück ist, bin gespannt, was Du zu sagen hast.«

»Du hast natürlich recht, mit dem was Du gerade gesagt hast. Ich habe mit Euch noch nicht über meine Versetzung gesprochen. Das ist auch schwer für mich, weil hier sehr persönliches, aber auch politisches mitspielt. Ich habe einen sechszehnjährigen Sohn, Steven, der lieber bei seinem Erzeuger bleiben wollte. Da ist die Familie von Timo, meinem Ex, aber auch seine beiden Omas, die sich vor allem um ihn kümmern, und natürlich seine ganzen Freunde. Das ist totale Scheiße, weil Timo in die rechte Szene abgerutscht ist. Der Typ war ganz ok, und klar, als ich ihn kennengelernt habe, da war er echt nett und aufmerksam. Wir hatten Spaß, ich wurde blöderweise schnell schwanger, aber das war nicht nur damals in der DDR üblich, sondern ist heute noch öfters so. Der hat dann einen Job nach dem anderem geschmissen, am Ende war er nur noch zuhause, hat immer mehr gesoffen und mich nur noch wie Scheiße behandelt. Und ich Idiotin habe das mitgemacht, wegen Steven unserem Sohn. Da war ich schon, und das ist absurd, Polizistin. Mein Vater war bei der Volkspolizei und wurde dann auch nach der Wende übernommen, weil er immer vor allem Polizist war und nie nur Parteigenosse. Der war beruflich mein absolutes Vorbild, aber persönlich halt alter Schlag, na ja, vergiss es. Jedenfalls habe ich das mit Timo jahrelang mitgemacht. Eines Tages, als er mal wieder besoffen, ungewaschen und im Jogginganzug über die »Drecksausländer« herzog, habe ich ihm gesagt, wie sehr er mich das ankotzt. Danach war ich im Krankenhaus und ich hätte ihn natürlich anzeigen müssen. Stattdessen bin ich abgehauen, nach Hamburg zu einer Freundin. Das Jugendamt hat dann das Sorgerecht ihm zugesprochen, Steven wollte nicht mehr mit mir reden.

Ein halbes Jahr später wurde ich zur Polizeiakademie in Hamburg zugelassen und bin dann verrückterweise nach dem Abschluss zurück nach Zwickau, weil ich hoffte zumindest mit Steven wieder eine vernünftige Beziehung aufbauen zu können. Aber es war alles noch viel schlimmer. Steven war mir gegenüber total feindlich eingestellt, Timo endgültig in die Naziszene abgeglitten, und bei meinen Kollegen gab es schon viele AfD-Anhänger. Da war jeder Ausländer minderwertig und verdächtig. Und dann die Kumpels von Timo, die glaubten, nur weil ihre deutsche Mutter zufällig mit einem »echtem« deutschen Mann gevögelt und sie produziert hatte, dass sie was Besseres wären. Die Typen hättet Ihr Euch mal ansehen müssen, dumm wie Stroh, kein gerader Satz kam aus ihrem Mund, und ganz ehrlich, lieber mit einem toten Hund im Bett, als mit so einem. Eklig, aber sich als Herrenrasse fühlen. Sorry, wenn ich Euch jetzt zugetextet habe. Aber das musste mal raus.«

«Boah« antwortete Irene, »das ist ja brutal. Entschuldige, dass wir nicht früher danach gefragt hatten, wir wollten Dir aber auch nicht zu nahe treten, oder Jochen?«»Nein Doreen, was für eine Scheiße! Aber so cool wie Du bei uns auftrittst, warum um alles in der Welt, hast Du das so viele Jahre mit Dir machen lassen?«

»So blöd das klingt, Ihr habt ja beide keine Kinder, aber es tut so brutal weh, wenn alles den Bach runtergeht und Du Angst hast, Dein Kind zu verlieren. Jedenfalls war klar, ich musste weg. Ja, und dann bin ich hier bei Euch gelandet und es ist gar nicht sooo schlecht.«

»Danke, immerhin, Du bist schon wieder frech,« antwortete Schneider, »Du hast es vielleicht bemerkt, ich bin auch nicht der Redseligste und Sensibelste, und hier ist auch nicht alles in Ordnung. Aber trotzdem bei uns, das kann ich Dir versprechen, wirst Du sowas nicht erleben.«

Irene Bechtle fuhr fuchsteufelswild dazwischen. »Jochen, hör doch auf. Du willst es bloß nicht wahrhaben. Natürlich geht es uns gut hier, aber wir haben genauso diese Hetzer von der AfD, die uns einreden wollen, dass wenn wir uns isolieren, alle Probleme gelöst sind. Was für ein Schwachsinn! Und denk nur einmal an unseren Fasnetsmord. Wenn die Straubs dahinterstecken – wo ist der Unterschied von christlichem zu islamischem Fundamentalismus? Und wenn die Mafia hinter dem Mord an Francesco steckt, dann ist das was? Flüchtlinge oder längst etablierte Strukturen? Und wegen der Nazis – ich weiß noch, mein großer Bruder hat mir das erzählt, wie bereits vor vierzig Jahren im Jugendhaus hier in Geislingen, im Maikäferhäusle ein Nazischlägertrupp aufgetreten ist. Glaubst Du, die sind nicht mehr da?«

»Irene, mag sein, Du hast recht. Und ich weiß auch, dass diese schmierigen Typen von der AfD nur Angst und Hass verbreiten wollen, ohne den geringsten Ansatz für eine Lösung der Probleme zu haben. Aber jetzt kommen wir sehr in die Politik, und ich habe fast schon die erste Halbzeit verpasst. Bis morgen.«

Bechtle und Zoschke blieben etwas betroffen zurück. »So ist er halt, menschlich echt ok, auch wenn er das nicht immer zeigen mag, aber sobald es ernst wird, zieht er den Schwanz ein.« Bechtle seufzte, »Ich hätte noch einen Sekt im Kühlschrank, hast Du Lust?« »Immer, und mit Dir erst recht.«

szene 34

Der nächste Morgen begann für Jochen Schneider mit einer positiven Überraschung. Irene Bechtle stellte ihm einen Anruf vom Forstamt Kirchheim durch. »Ja, hier Tobias Schindler, ich habe von meinen Fasnetsfreunden erfahren, dass Sie eventuell nach mir suchen. Was wollen Sie von mir?«

»Danke dass Sie sich melden. Sie könnten uns eventuell wirklich weiterhelfen. Kannten Sie Beate Straub?« Nach einem längerem Zögern kam die unsichere Antwort. »Ja, schon. Aber das ist lange her. Ich habe sie ewig nicht mehr gesehen.« »Herr Schindler, wir sollten uns treffen, dringend. Wollen Sie zu uns nach Göppingen, obwohl halt, wir sind gerade vorübergehend in Geislingen, kommen oder soll ich nach Kirchheim fahren?« »Nein, ich komme zu Ihnen, kein Problem, ich kann um 16.00 Uhr Feierabend machen, bin kurz zu Hause in Wiesensteig und dann um 17.00 Uhr bei Ihnen, wenn die A8 einigermaßen läuft.« »Das ist ja super, wenn Sie noch zu Hause vorbeikommen – haben Sie eventuell noch Bilder von Beate? Ihre Eltern sind da nicht sehr hilfreich.« »Das kann ich mir vorstellen, weiß ich nicht, muss ich nachschauen.«

Schneider, mit dem guten Gefühl wieder einen Schritt weitergekommen zu sein, konnte sich endlich einem Anruf widmen, den er schon seit Tagen machen wollte. Von dem Sanitärmeister Waitzl, der die Leiche gefunden hatte, war ihm dessen Bemerkung in Erinnerung geblieben, dass die Wasserleitungen schon länger renovierungsbedürftig waren.

»Herr Waitzl, hier Schneider von der Kripo in Göppingen. Darf ich Sie kurz stören? Vielen Dank nochmals für Ihre Geduld und Unterstützung beim Leichenfund im Haus von der Frau Aierle in Wiesensteig. Sie hatten gesagt, dass Sie den Aierles schon längst eine Erneuerung der Wasserrohre empfohlen hatten. Sie haben da vor Jahren eine neue Heizung eingebaut. Ist da Ihnen im Bad nichts aufgefallen?«

»Ja freilich Herr Kommissar. Des war doch alles Pfusch. Ein Teil massive Mauer, ein Teil Rigips. Mir ham zum Glück die Heizkörper ans Mauerwerk befestigen kenna. Aber i hob mi scho gwundert dass des Klump so lang ghalten hot.«

»Also da wurde nicht richtig renoviert? Sie hatten ja auch gesagt, dass damals bereits Plastikrohre verlegt wurden.«

»Naa, und ganz ehrlich, mi hot des ja a beschäftigt. Do hat jemand die Kammer mit der Leich drin ganz schnell kaschiert, verstehns mi, verstecken wolle.« »Also, Sie glauben, da war eine separate Kammer, die dann einfach mit Rigips zugemacht wurde?« »Ganz bestimmt, Herr Kommissar, die ham doch früher keine großen Bäder ghabt wia heit, naa, handwerklich gar net schlecht, aber halt völlig sinnlos, wenn man net grad a Leich verstecken möchte.« »Herr Waitzl, danke schön, Sie haben uns richtig geholfen.«

Für Schneider bestätigte sich damit der Verdacht, dass der Umbau des Hauses vor dem Verkauf der Straubs an Herrn Metzger einen besonderen Grund hatte. Kollegin Zoschke war sicher schon längst bei den Straubs in Deggingen, aber vielleicht konnte er sie noch rechtzeitig erreichen.

szene 35

Doreen Zoschke fragte sich auf der Fahrt nach Deggingen schon wieder, warum eigentlich bei ihr immer diese unangenehmen Aufgaben hängenblieben. Der Schneider sprach mit den Leuten von den Fasnetsgesellschaften und sie durfte sich mit diesen bigotten Eltern des Opfers herumschlagen. Natürlich war ihr bewusst, dass sie die Aufgabenverteilung einvernehmlich vorgenommen hatten, als noch gar nicht klar war, wie zäh die Gespräche mit den Straubs verlaufen würden. Und auch wenn Jochen Schneider am Vorabend abrupt aufgebrochen war, es hatte ihr gut getan sich ihren Kollegen anzuvertrauen und abseits von der Alltagsroutine ein gutes Gespräch zu führen.

»Guten Morgen Herr Straub. Ich hoffe wirklich, dass wir heute vorankommen und Sie kooperativer und ehrlicher sind. Wo ist Ihre Frau? Wieder in der Küche Kartoffelsalat machen?« »Frau Kommissarin, nun sind Sie aber diejenige, die hier einen falschen Zungenschlag hereinbringt. Meine Frau erwartet uns mit einem Kaffee im Wohnzimmer.«

Doreen fühlte sich fast an die DDR erinnert als sie das Wohnzimmer betrat, so spartanisch, lieblos und völlig aus der Zeit gefallen war das Zimmer ausgestattet. Die Straubs hatten doch ein florierendes Bauunternehmen, Geld war wohl da, aber davon war nichts zu sehen. Stattdessen Eiche rustikal und viele Kreuze, aber keine Familienfotos oder sonstige Bilder.

»Bevor wir unser Gespräch von gestern weiterführen, kann ich denn heute auch mit Ihren beiden Söhnen sprechen? Sie hatten gesagt, dass sie Ihr Unternehmen weiterführen. Dann müssten sie doch hier sein, oder? Und Frau Straub, worum ich Sie gestern auch gebeten habe, ich bin sicher, dass Sie inzwischen Fotos von Beate gefunden haben. Oder nicht?«

Natürlich ergriff sofort wieder Herr Straub das Wort: »Frau Kommissarin, wir haben uns absolut nichts….« Zoschke unterbrach ihn, als sie sah, dass Schneider anrief, ging aus dem fürchterlichen Wohnzimmer und meldete sich. »Hey, was ist los? Ich befrage gerade die Straubs.« »Ja genau, dann frag ihn doch mal, warum sie bei der Renovierung vor dem Verkauf des Hauses solchen Pfusch im Bad veranstaltet haben und was da wirklich der Grund war. Bin gespannt auf die Antwort! Bis später in Geislingen. Stop, sorry und frag sie auch nach einem Tobias Schindler, das war der damalige Freund von Beate, ja?«

Zoschke, zurück im Wohnzimmer: »So, Herr und Frau Straub, wir müssen uns mal etwas sortieren, bei all den Fragen, die Sie bisher nicht beantwortet haben. Zunächst Ihre Söhne und die Fotos von Beate! Und jetzt bitte antworten Sie auch konkret.«

»Frau Kommissarin, unsere Söhne waren damals noch klein und können Ihnen gar nichts sagen.«

»Na ja, Michael war 14 und Johannes 9 Jahre alt, erzählen Sie mir nicht, dass die nichts mitbekommen haben. Also wo sind sie, wann kann ich sie sprechen?«

»Leider sind sie im Moment nicht erreichbar, beide sind im Ausland.« »Jetzt wird es aber richtig spannend, Sie hatten doch gesagt, dass Ihre Söhne die Firma weiterbetreiben und sich auch in Ihrer Kirche betätigen. Nochmals, wo sind sie, wann kann ich sie sprechen?« »Ja, das stimmt auch, aber sie mussten dringend nach Spanien, wo wir eine Filiale betreiben.« »Eine Filiale? Das wird ja immer besser. Sie sind doch ein kleiner Laden und da haben Sie eine Filiale in Spanien? Und ich bitte Sie wirklich mich nicht für dumm zu verkaufen, von wegen nicht erreichbar, wir rufen jetzt umgehend Ihre Söhne in Spanien an, wenn sie überhaupt dort sind. Geben Sie mir sofort Ihre Handynummern!«

»Hallo, sind Sie Michael Straub aus Deggingen? Hier Doreen Zoschke, Kriminalpolizei Göppingen, ich bin gerade bei Ihren Eltern wegen des, bitte entschuldigen Sie, wenn ich mit der Tür ins Haus falle, aber ich gehe davon aus, dass Sie über Ihre Eltern informiert worden sind, Leichenfunds Ihrer Schwester Beate. Mein herzliches Beileid. Wann sind Sie und Ihr Bruder wieder zurück in Deutschland? Wie, Sie wissen es nicht? Sie haben doch hier ein Bauunternehmen zu führen? Ich erwarte Sie umgehend hier, weil sich Ihre Eltern überhaupt nicht kooperativ zeigen. Ihre Schwester ist ermordet worden und wir benötigen Ihre Aussage.«

»Frau Zoschke, Johannes und ich leben mit unseren Familien in Spanien, wir haben mit unserem Vater nichts mehr zu tun. Mehr habe ich Ihnen nicht zu sagen. Da müssen Sie schon meinen Herrn Vater fragen. Aber bitte, sagen Sie mir, was ist mit Bea passiert? Sie ist tot, ermordet worden? Wir dachten immer, sie wäre in Indien. Das ist ja entsetzlich. Was ist passiert? Hat unser Vater etwas damit zu tun?

Er hatte mit Beate immer Streit, da gab es kein gutes Wort mehr.«

»Herr Straub, wir müssen uns dringend mit Ihnen und Ihrem Bruder unterhalten, wann können wir uns sehen? Die Leiche Ihrer Schwester wurde im früheren Haus Ihrer Eltern gefunden.«

»Oh Gott! Ich würde Ihnen wirklich gerne weiterhelfen. Leider sind Johannes und ich unabkömmlich, wir leiten ein Immobilienunternehmen hier in Marbella und haben jetzt nach der Sommersaison wahnsinnig viel aufzuarbeiten. Wenn Sie mit uns sprechen wollen, müssen Sie sich schon her bemühen.«

Doreen Zoschke hatte die Familie Straub nun endgültig satt. Die Eltern völlig verschlossen, und die Söhne in Spanien, offensichtlich seit Jahren von dem Baugeschäft ihres Vaters getrennt, und trotz Betroffenheitsbekundungen eigentlich ungerührt. Was war in dieser Familie alles passiert?

Doreen wandte sich, innerlich wieder etwas heruntergefahren, an das Ehepaar Straub.

»Die Situation wird für Sie immer schlimmer! Ihr eigener Sohn, der hier angeblich die Geschäfte führen soll, sich aber sich seit Jahren in Spanien befindet, fragt mich, ob Sie etwas mit dem Tod seiner Schwester zu tun haben. Jetzt ist wirklich Ihre letzte Gelegenheit, Ihr Gewissen zu erleichtern.« »Unser Sohn redet Unfug. Wir haben unser Baugeschäft vor Jahren umstrukturiert, Michael und Johannes firmieren zwar noch offiziell als Geschäftsführer, aber ich bin ja noch rüstig, und habe das Tagesgeschäft weiter geführt.« Straub versuchte zwar äußerlich seine Souveränität zu wahren, wirkte aber doch immer unsicherer.

»Und was genau unternehmen Ihre Söhne in Ihrer »Filiale« in Marbella? Das verstehe ich noch nicht ganz. Sie haben doch ein Bauunternehmen, und Ihre Söhne betreiben das in Spanien, oder sind sie umgewechselt auf Immobilienhändler? Würde ja nahe liegen. Aber was macht dann Ihre Firma hier? Und welche Rolle spielt Ihr Geschäftspartner Metzger dabei? Ich bin zwar bei der Mordkommission, und werde den Mord an Ihrer Tochter aufklären, aber vielleicht sollte ich auch gleich meine Kollegen von der Wirtschaftskriminalität einschalten?«

Zoschke wusste, dass sie bald nach Göppingen fahren sollte, um beim LKA Verhör mit dem Immobilienunternehmer Metzger dabei zu sein. Aber so wie sie jetzt die Straubs in der Zange hatte, waren die eindeutig wichtiger. Beim LKA würden sie wohl auch ohne sie auskommen. Oder gab es am Ende gar hier einen Zusammenhang?

»Sagen Sie mal Herr Straub, Sie haben doch Ihr Haus in Wiesensteig an den Herrn Metzger verkauft. Wir müssen eh noch klären, warum Sie als Handwerker oder, wie Sie wollen, Bauunternehmer den Umbau vor dem Verkauf mit solchem Pfusch ausgeführt haben, wie mir mein Kollege gesagt hat. Aber was verbindet Sie mit Metzger? Das war doch mehr als nur ein reiner Verkauf?«

»Ich habe nicht die geringste Ahnung, was Sie hier andeuten wollen. Natürlich kennen wir Herrn Metzger, er hat es uns ja das Haus abgekauft. Und, das ist wohl kein Verbrechen, auch ermöglicht, dass wir nach Spanien expandieren konnten.« »Das heißt, Sie kooperieren mit Metzger in Spanien? Oder Ihre Söhne arbeiten für ihn?«

Straub wich aus: »Ich dachte, Sie sollen den Tod unserer Tochter aufklären, was wir natürlich auch wollen, das hat doch nichts mit unserem Geschäft zu tun. Suchen Sie lieber Ihren Mörder, diesen Faschingsheini. Den Förster, der sie offensichtlich auch noch vergewaltigt und geschwängert hat.«

Doreen Zoschke spürte, dass sie hier nicht nur einer, sondern mindestens zwei Spuren folgen musste. Der Mord und die Immobiliengeschichte mussten nicht unbedingt zusammenhängen, aber die Wahrscheinlichkeit war hoch. Natürlich konnte Beate bei der Fasnet damals in einem Liebesstreit oder was immer getötet worden sein, aber es gab zu viele Zusammenhänge mit dem Verkauf an Metzger, als dass sie sie ignorieren konnte. Und der Mörder musste definitiv Zugang zum Haus gehabt haben und in den Umbau involviert gewesen sein. Allerdings konnte sie kein Motiv von Metzger erkennen. Vielleicht war es wiederum sinnvoller die Straubs in ihrer Unsicherheit zu überlassen und doch nach Göppingen zum LKA zu fahren.

»Frau Straub, haben Sie mir wenigstens Fotos von Beate herausgesucht? Ich muss jetzt gleich zu einem anderen Termin, aber ich werde Ihr Haus nicht verlassen, bevor ich nicht weiß, wie Beate ausgesehen hat.« »Mir hent koine Bilder von ihr, wie sie zom Schluss ausgseh hot. Aber ja, I han Ihne a paar Bilder, wo sie en der Gemeinde war rausgsucht, da war se vielleicht 14 oder 15. Danach hat se ja nix mehr mit uns gmacht.«

»Aber Sie haben sie doch vermisst, es war doch ihre Tochter, auch wenn sie nicht so war, wie sie es sich gewünscht hätten?«

»Ja, natürlich Frau Kommissarin, sie war so a gscheids Mädle und I habe immer an sie…« »Nein, das war sie nicht,« wurde sie von ihrem Mann unterbrochen, »sie hat sich weggeworfen, an diesen Faschingsclown und diese ganze zwielichtige Geislinger Gesellschaft. Und die haben sie verdorben und auch umgebracht!«

»Ja, das haben Sie jetzt schon mehrmals betont. Welchen Grund haben Sie für diese Behauptung?« Zoschke war sich inzwischen sicher, dass aus den Straubs auf diesem Wege nichts herauszuholen war, und hatte die Frage fast schon rhetorisch gestellt. Umso mehr überrascht war sie von Straub's Antwort.

»Ich war doch damals am Fasnetsmontag nach dem Umzug vor der Turnhalle in Wiesensteig und habe gesehen, wie sie mit jedem rumgemacht, jeden umarmt und sogar geküsst hat. Völlig schamlos. Ich habe mich so für mein eigen Fleisch und Blut geschämt. Und ihr Förster hat dazu gelacht und sie noch wilder abgeküsst.«

»Und dann haben Sie Ihre Tochter dafür bestraft und umgebracht?«

»Nein natürlich nicht, ich bin voller Wut gegangen, und wusste, dass ich sie endgültig verstoßen musste. Selbstverständlich folge ich dem Gebot Gottes und würde nie jemand töten. Aber ich habe mich so geschämt für sie, die Menschen dort war alle so enthemmt und völlig ohne Glauben.«

»Herr Straub, was ist daran schlimm fröhlich zu sein? Was ist daran schlimm andere Menschen zu umarmen und vielleicht zu küssen?«

»Das verstehen Sie nicht, Sie sind auch verdorben.«

»Herr Straub, ich muss jetzt gehen, aber wir setzen das Verhör morgen um 10.00 Uhr fort. Und ich werde mit meinem Kollegen Schneider kommen. Noch eins, was ich mir nicht verkneifen kann, Sie sind ein furchtbarer Mensch. Kein Wunder, dass sich ihre Kinder von Ihnen abgewandt haben.«

Doreen wusste, dass sie unprofessionell reagiert hatte, aber zumindest hatte sie zum Schluss noch von Frau Straub einige Fotos von Beate mitnehmen können, im Alter von 14 oder 15 Jahren, offensichtlich im Kreise der kirchlichen Gemeinschaft, aber immerhin.

szene 36

Immobilienchef Metzger hatte das Verhör mit dem LKA, nein, offiziell war es ja lediglich als eine Befragung angesetzt, im Konferenzraum seines Unternehmens so vorbereitet, als ob es sich um ein extrem wichtiges Businessmeeting handelte. Eine große Auswahl an Getränken, auch richtig gute Weine, und zahlreiche Fingerfoodhäppchen, die offensichtlich von einem exklusiven Caterer stammten, schmückten den Konferenztisch. Mäder, Schneider und die im letzten Moment eingetroffene Zoschke gaben sich unbeeindruckt von der aufgefahrenen Gastfreundschaft, setzten sich und warteten auf das Erscheinen des schwäbischen Immobilienmoguls.

Am Ende des Tisches saß bereits der Anwalt von Metzger, Dr. Steinhauer aus Stuttgart, den Mäder bereits aus zahlreichen Prozessen kannte, bei denen er einschlägig bekannte Personen aus dem Rotlichtmilieu und dem Umfeld der organisierten Kriminalität vertreten hatte.

Metzger trat ein und eröffnete seinen Auftritt mit den salbungsvollen Worten: »Herzlich willkommen bei Metzger International Real Estate, und wie ich bereits Herrn Schneider gesagt hatte, stehe ich Ihnen zur Verfügung. Bitte bedienen Sie sich, was an Getränken und Essen bereitgestellt wurde. Seien Sie mein Gast. Ich möchte Sie aber um Verständnis bitten, dass Ihre Fragen ausschließlich von

Herrn Dr. Steinhauer beantwortet werden. Ich muss auf meine Reputation achten und weiß nicht, was sie an die Presse geben.«

Die drei Kriminalbeamten schauten sich kurz an, Mäder warf Schneider einen auffordernden Blick zu und der Geislinger Kommissar legte los.»Wie, Sie stehen uns zur Verfügung, aber Sie lassen nur Ihren Anwalt antworten? Was soll das? Wir lassen uns doch nicht von Ihnen verarschen. In einer Ihrer Immobilien haben wir eine Leiche gefunden und in einer anderen wurde ein Mord verübt, und das innerhalb weniger Tage. Und da verweigern Sie sich und wollen Ihren Promianwalt vorschieben? Wir machen das jetzt ganz kurz, entweder Sie sprechen mit uns oder wir sehen uns morgen früh 9.00 Uhr ganz offiziell bei uns im Kommissariat zu einer offiziellen Vernehmung.«

Steinhauer, der Anwalt, nutzte die Gelegenheit etwas für sein Honorar zu tun.»So reden Sie nicht mit meinem Klienten. Ich verbitte mir das. Ich habe Herrn Metzger geraten, nur über mich zu kommunizieren, und dabei bleibt es.«

Nun platzte auch Mäder der Kragen:»Wenn Ihr Klient nicht mit uns sprechen will, oder von Ihnen angeleitet, nicht sprechen soll, gibt es natürlich noch andere Mittel. Wie mein Kollege Schneider bereits betont hat, zwei Leichen in einer Woche, die mit Herrn Metzger in Verbindung stehen. Und, wie er selbst sagt, lebt er überwiegend in Florida. Wir müssen hier natürlich den Aspekt der Fluchtgefahr beachten und sehen uns gezwungen Herrn Metzger in Gewahrsam nehmen, um die notwendigen Verhöre durchführen zu können!«

Der Anwalt protestierte vehement:»Sie wissen genau, dass Sie damit nicht durchkommen, ich gehe unverzüglich zum Gericht.« »Das bleibt Ihnen natürlich unbenommen, ich weiß nur nicht, ob dies der Presse völlig verborgen werden kann. Wir sind selbstverständlich zur Verschwiegenheit verpflichtet, aber die Journalisten haben ja auch ihre Informanten am Gericht.« Mäder schaute den Anwalt und Metzger an, »aber vielleicht kooperieren Sie ja doch? Dann wäre das alles nicht notwendig und Metzger International Real Estate bliebe aus den Schlagzeilen. Vorerst jedenfalls.«

Nach kurzer Beratung mit Steinhauer antwortete Metzger: »Also gut, was wollen Sie wissen? Mein Anwalt bleibt natürlich dabei.«

»Selbstverständlich, das ist Ihr gutes Recht. Wie bereits gesagt, wir müssen Sie befragen, weil in einem Haus, das sich zur fraglichen Zeit in Ihrem Besitz befand, die Leiche der jungen Beate Straub gefunden wurde, und, wie wir inzwischen erfahren haben, Sie in einer bis heute andauernden Geschäftsbeziehung zu der Familie Straub stehen. Außerdem sind Sie Besitzer des Gebäudes, in dem letzte Woche der Pächter der Pizzeria »Sole mio« ermordet worden ist.«

Bevor Mäder überhaupt weitere Fragen stellen konnte, fuhr Steinhauer wieder dazwischen: »Herr Metzger besitzt zahlreiche Immobilien, er kann doch nicht dafür verantwortlich gemacht werden, was dort geschieht. Außerdem hat er das Anwesen in, wie heißt das nochmals, Wiesengrund, schon längst wieder verkauft.« Schneider, der Steinhauer nur vom Hörensagen gekannt hatte, blieb für seine Verhältnisse relativ ruhig und entgegnete: »Wenn Sie Ihre Akten gelesen hätten, wüssten Sie, dass der Ort Wiesensteig heißt, und wir müssten nicht schon zu Beginn alles doppelt durchkauen und wiederholen. Also lassen Sie doch Ihre Ablenkungsmanöver. Wir stellen jetzt konkrete Fragen und

Herr Metzger antwortet, ja? Die Alternative ist Ihnen bekannt.«

»Lassen Sie uns beginnen mit dieser Geschichte, dass in dem Haus in Wiesensteig, dass Sie Anfang 1979 gekauft haben, die Leiche von Beate Straub gefunden wurde. Verkäufer war die Familie Straub und heute beschäftigen Sie die beiden Söhne in Ihrer Filiale in Marbella. Das sollten Sie uns schon erklären.« Schneider hatte zunächst die Initiative übernommen, es war ja auch sein Fall. Wobei er die Mafia-Connection genauso als seinen Bereich ansah, aber Mäder hatte sich tatsächlich fair verhalten, er wollte hier kein neues Fass aufmachen.

Metzger war sichtlich überrascht, dass seine bis heute andauernde Verbindung mit den Straubs bereits bekannt war. »Ich weiß nicht, was das eine mit dem anderen zu tun haben soll. Ich habe…« Mäder unterbrach ihn: »Herr Metzger, Sie haben Ihre Situation immer noch nicht verstanden. Wir stellen Ihnen eine konkrete Frage, und sie antworten schon wieder mit Ausflüchten. Wenn Sie nicht antworten wollen, nehmen wir Sie sofort in Gewahrsam und Ihr Anwalt kann gerne tausendmal bei Gericht Widerspruch einlegen, aber ich garantiere Ihnen, dass wir einen Staatsanwalt haben, der Sie in Untersuchungshaft nehmen wird.« Schneider war plötzlich richtig froh, mit dem LKA in Person von Mäder zu arbeiten. Die hatten schon eine andere Power.

Anwalt Steinhauer schaltete sich wieder ein: »Meine Herren, entschuldigen Sie, Frau Kommissarin, Sie sind natürlich auch gemeint. Müssen wir das wirklich so weit kommen lassen? Lassen Sie doch meinem Mandaten und mir einen Tag Zeit, damit wir die verschiedenen Themen besprechen können. Ich bin zugegebenermaßen noch nicht völlig im Bilde.«

Mäder, der das kaum verwehren konnte, erwiderte: »Na gut, morgen um 10.00 hier bei uns im Göppinger Kommissariat. Aber dann mit Antworten, auch zum Mord in der Pizzeria. Sonst steht der Staatsanwalt bereit. Danke für die Häppchen und die Getränke, Sie finden sicher noch Abnehmer dafür.«

Mäder wandte sich, als sie das Gebäude verlassen hatten, an seine Kollegen: »Sorry, ich denke, das konnten wir nicht vermeiden. Wir treffen uns morgen um 9.00 Uhr um unsere Strategie abzusprechen, ok?«

Schneider und Zoschke waren nicht ganz unglücklich über die Verlegung. Sie hatten in Ihrer Geislinger Außenstelle noch genügend zu tun, und vor allem erwarteten sie ihren Zeugen Schindler, den damaligen Freund von Beate Straub.

szene 37

»Hallo Herr Schindler, super, dass Sie sich gemeldet haben und so schnell kommen konnten. Sie können uns bestimmt weiterhelfen.« begrüßte Zoschke den schlanken, hochgewachsenen 50er.

»Ist doch klar, ich frage mich seit so vielen Jahren was aus der Bea geworden ist. Was ist denn mit ihr passiert?«

»Das wollen wir ja mit Ihnen gemeinsam herausfinden. Es ist ja kein Geheimnis mehr, dass wir die Überreste von Beate in Wiesensteig, in ihrem damaligen Elternhaus gefunden haben. Mit Faschingskleidung, nein, entschuldigen Sie, mit ihrem Fasnetshäs. Also können wir davon ausgehen, dass sie zur Fasnetszeit ermordet wurde, Ende der siebziger Jahre. Sie waren damals mit ihr zusammen, oder?«

»Ja, das waren wir, und obwohl es mit ihren Eltern echt kompliziert war und wir noch jung waren, wollten wir uns etwas aufbauen. Sie war schwanger, das wissen Sie?«

»Ja, das wissen wir. Aber erzählen Sie doch erstmal. Wie lange waren Sie schon zusammen? Und vor allem, wann haben Sie sich zuletzt gesehen? Was war da los?«

»Bea war ja erst 19 als sie verschwunden ist, und wir kannten uns damals ein gutes Jahr. Wir haben uns ein Jahr davor bei der Fasnet in Gosbach kennengelernt.

Als ich sie in meinem Häs angesprochen habe und auf einen Apfelkorn einladen wollte, war sie erstmal ziemlich reserviert, hat dann aber gelacht und gesagt, dass sie noch nie von einer Hexe eingeladen worden ist.

Irgendwie hat es dann gefunkt, wir haben so viel gelacht und, ja auch noch mehr getrunken, aber nicht so, dass wir uns weggeschossen haben. Es war einfach cool, kennen Sie das, wenn man jemanden trifft und irgendwie gleich das Gefühl hat, das passt? Sorry, ich will sie jetzt nicht mit solchen Details langweilen, aber in mir kommt gerade das alles wieder hoch.«

Schneider beruhigte ihn sofort: »Herr Schindler, Sie glauben gar nicht, wie froh wir sind, dass uns endlich mal jemand etwas über die Beate in ihrer Umgebung erzählt. Wir wissen ja noch nicht einmal, wie sie ausgesehen hat. Aber bitte, erzählen Sie weiter, wir haben Zeit und hören Ihnen zu.«

»Na ja, irgendwann war dann auch im Zelt Feierabend und wir waren echt gut drauf, aber ich habe aber auch gespürt, das ist eine echt tolle Frau und ich will sie auf jeden Fall wiedersehen und nicht nur einen, na ja Sie wissen schon. Auch wenn ich nicht knülle war, aber ich hätte damals sicher nicht mehr fahren dürfen, aber ich habe sie auf meinem Moped nach Wiesensteig gefahren, haben uns vor ihrem Elternhaus zum ersten Mal geküsst und gleich für den nächsten Tag wieder verabredet. Tut mir leid, ich bin normalerweise nicht so sentimental und erzähle solche Sachen eher nicht, aber…«

Nun war es Doreen Zoschke, die ihn ermunterte. »Keine Sorge, das ist doch klar, dass Sie da Gefühle zeigen. Sie helfen uns wirklich, wenn Sie uns genauso weiter erzählen, was dann passiert ist.«

»Echt? Sie wollen doch den Mord an Bea aufklären, meine Gefühle sind da ja nicht wichtig.« »Doch da sind sie auch, aber natürlich wollen wir wissen, wie es weiter ging.«

»Ja, ok, klar. Wir haben uns am nächsten Tag wieder gesehen und es war sofort klar für mich, wie schon am Abend zuvor, das ist kein Fasnetsflirt, die Frau ist echt klasse. Aber sie war anders, hatte eigentlich nichts mit uns auf den Dörfern am Hut, sondern war in Geislingen im Clochard und in der Freakszene, im JAF, das war das Jugendhaus in Altenstadt, unterwegs. Ich war auch schon mal im Clochard gewesen, war gut, aber ich war im oberen Filstal zu Hause. Und doch, heute in meinem Alter, mit meiner Erfahrung, kann ich das sagen, sie war auf der Suche. Bea wollte akzeptiert werden, wollte einer Gemeinschaft angehören, die sie so nahm wie sie war, und ihr nicht nur Vorschriften machte, wie diese Sekte, in der sie ihre Eltern aufgezogen hatten.

Das war ja eh immer das Thema, ihre Eltern. Da war sie total hart drauf, und hat alles getan, um sie zu provozieren. Und die hatten ihr schon einen Bräutigam ausgesucht, hat sie mir später mal erzählt. Jedenfalls durfte ich sie nie zu Hause besuchen, höchstens mal abholen.

Wir haben uns immer öfters getroffen, auch wenn sie ihr Leben, ihre Familie, ihre Jobs die sie in Geislingen hatte, von mir fernhalten wollte. Und gleichzeitig war sie total neugierig auf mein Leben, auch auf meine Zugehörigkeit zu den Filstalhexen in Wiesensteig. Sie wollte mit mir zusammen sein, und ein Umfeld haben, in dem sie akzeptiert, geschätzt wurde. Und sie hat sich ja auch darauf eingelassen, hat mitgemacht und ist bei uns eingestiegen. Auch wenn es eigentlich nicht ihr Ding war.

Das klingt jetzt sehr rational, aber ich habe mir in den letzten 30, 35 Jahren so viele Gedanken gemacht, was damals passiert sein könnte, als sie verschwand.

Nicht dass Sie mich falsch verstehen, ich bin total happy mit meiner Frau, die ist für mich nach dreißig Jahren immer noch toll, unsere Kinder sind super. Aber dieses plötzliche, spurlose Verschwinden von Bea beschäftigt mich immer noch manchmal.«

Schneider, der schon tausende Verhöre durchgeführt hatte, und wusste, dass er zunächst mal niemandem trauen durfte, war beeindruckt. Da hatte jemand wirklich nachgedacht, reflektiert, und war offensichtlich bereit an der Aufklärung des Mordes an seiner damaligen Freundin beizutragen. Dennoch musste er drängen und die für den Mordfall entscheidenden Fragen stellen.

»Lassen Sie uns doch jetzt auf diese Tage kommen, ab wann sie Ihre Freundin vermisst haben. Wir wissen, dass sie darüber informiert waren, dass Beate schwanger war. Wie war das für Sie? Und wann genau ist sie verschwunden, was ist da passiert? Es kann doch nicht sein, dass sich Ihre schwangere Freundin kommentarlos von Ihnen verabschiedet hat.«

»Ich weiß nicht, was mit ihr passiert ist. Glauben Sie mir. Wir hatten eine super Zeit, wenn man von den Problemen mit ihren Eltern absieht und ihrem Zoff, den sie mit den Leuten in Geislingen hatte, weil sie so viel Zeit mit mir verbrachte. Bea war bei der Vorbereitung unserer Fasnetssaison dabei, ich hatte ihr ein Häs und eine Maske besorgt und sie war eigentlich immer gut drauf, bis sie im Dezember plötzlich völlig bedrückt bei mir ankam. Wir hatten natürlich miteinander geschlafen, aber ich hatte eigentlich immer aufgepasst. Von daher war ich völlig durch den Wind, als sie mir sagte, dass sie schwanger sei.«

»Entschuldigen Sie, wenn ich das fragen muss, aber glauben Sie, dass Beate noch mit jemanden anderen zusammen war?« »Ich weiß es nicht, damals konnte ich mir das nicht vorstellen, aber, wie ich mich immer und immer wieder gefragt habe was aus ihr geworden ist, waren solche Gedanken schon da. Sie war ja nach wie vor auch in Geislingen, hatte da verschiedene Jobs, bei Jim, in einem Schmuckladen und hat, glaube ich, auch im Clochard Aushilfe gemacht. Irgendwie hat sie versucht mich da fernzuhalten, die Beziehung zu mir und ihr Geislinger Leben voneinander zu trennen. Und ich weiß schon, dass da vor mir was lief, aber keine Ahnung mit wem.«

Doreen Zoschke, die die Offenheit von Schindler als sehr ehrlich empfand, war dennoch irritiert: »Aber das geht doch nicht, Sie waren nicht mit ihr in Geislingen? Sie haben ihre Bekannten, Freunde dort nicht kennengelernt?«
»Ja, doch, ich war am Anfang ein paar Mal mit. Aber, ehrlich, das war nicht meine Welt. Die haben mich auch nicht für voll genommen, für die war ich der Fasnetsheini vom Dorf, der ihnen die Bea weggeschnappt hatte. Und ich weiß schon, dass sie die Bea damit aufgezogen haben. Was willst Du denn mit so einem? Da, muss ich sagen, war sie echt total gut. Ich weiß noch, wie sie einen ihrer Freunde deshalb richtig runtergeputzt hat. Was er denn wolle, mit seinem Weltverbesserungsgelaber, aber nur von seinen Eltern leben und jeden Abend vollgedröhnt. Da hatte ich den Verdacht, dass sie etwas miteinander gehabt hatten. Aber sonst? Keine Ahnung, da waren ja schon coole Jungs dabei, viel cooler als ich jedenfalls.«
»Na ja, so können Sie das nicht sehen, immerhin war sie mit Ihnen zusammen, hat sie verteidigt und sogar bei der Fasnet mitgemacht, oder?«
»Ja, das hat mich schon überrascht und natürlich auch gefreut. Ich musste sie nicht mal dazu fragen, oder auf-

fordern, was ich eh nicht gemacht hätte. Obwohl ich anfangs den Verdacht hatte, dass sie das nur aus Opposition zu ihren Eltern wollte. Aber nein, sie war da voll dabei, hat sich mit den Leuten dort super verstanden und wurde auch gemocht. Das hat ihr, glaube ich, sehr gut getan, dass sie einfach akzeptiert und aufgenommen wurde. Wir haben ihr auch das Häs und die Maske finanziert, das fand sie ganz toll.«

»Also dort gab es niemanden, der ihr etwas hätte antun wollen? Schon eher in ihrer Clique in Geislingen?«

Schneider war natürlich froh, endlich einen Zeugen zu haben, der offen war und mit ihnen sprach. Schindler hätte wohl auch keine Gelegenheit gehabt Beate hinter dem Badezimmer ihres Elternhauses einzumauern. Dennoch musste er nachhaken. Dass Schindler so wenig von Beates Umgang in Geislingen wissen wollte, schien ihm wenig glaubwürdig. Mit Anfang zwanzig verliebt, da ist man doch richtig eifersüchtig, wenn die Freundin noch einen anderen Bekanntenkreis hat. Er war überzeugt davon, und sie hatten ja auch schon nachgefragt, dass ihnen Schindler nicht alles aus Geislingen erzählt hatte.

»Sie sind wirklich sehr kooperativ, das wissen wir zu schätzen. Aber Herr Schindler, irgendwas lassen Sie nicht raus. Ist das die Geislinger Clique? Haben Sie da jemanden in Verdacht? Gab es da jemanden, der im Umfeld der Straubs war? Die Eltern haben ja nichts, aber auch gar nichts, beigetragen, nur einmal ist ihnen rausgerutscht, dass sie schon einen Verlobten für Beate aus deren Kirche ausgesucht hatten. Das haben Sie auch vorhin erwähnt.«

»Ja, da gab es wohl einen. Das war doch eine Witzfigur, Bea hat immer über den gelacht. Der hat ihr gegenüber nur blöde Bemerkungen gemacht, sie seien füreinander bestimmt, und so. Hat bei ihren Eltern gearbeitet und sie immer angeglotzt und an diesem Fasching in Gosbach und am Rosenmontag stand er vor der Turnhalle. Der hat Bea und mich blöd angemacht und da habe ich ihm eine gewischt. Da ist er aber ganz schnell abgezogen. Obwohl, ich weiß nicht, ob er später, als wir uns verabschiedet haben, noch da rumgeschlichen hat.«

»Was ist aus dem geworden, können Sie uns hier weiterhelfen?« Zoschke spürte, dass sie da einen entscheidenden Schritt weiterkommen könnten. Sie ärgerte sich auch, dass sie in den Verhören mit den Straubs nicht vehementer nach diesem ominösen Verlobten gefragt hatte. Der hatte nun wirklich ein Motiv, auch wenn ihn Schindler als Witzfigur bezeichnete.

»Aber Sie wissen schon noch wie der hieß, dieser ›Bräutigam‹, oder?« »Ja klar, Karg hieß der. Aber keine Ahnung, wo der heute ist. Ich bin ja mehrmals, als Bea nach Fasching verschwunden war, nach Wiesensteig zu ihren Eltern, um nachzufragen, wo sie sei. Der Alte hat ja gar nicht mit mir gesprochen und ihre Mutter hat mir nur gesagt, dass Bea nach Indien sei, nach Goa, obwohl sie mit den Sannyasins, diesen orangen Typen überhaupt nichts am Hut hatte. Ich habe das nie richtig geglaubt, aber sie war weg, einfach nur weg. Und als ich ein paar Monate später nochmals nachfragen wollte, waren die Straubs auch weg, die hatten das Haus verkauft.«

Schneider, der sich vorgenommen hatte, heute Abend im Clochard nach Beate Straub zu fragen, und gerne dort sein wollte, bevor der große Ansturm kam, hakte noch einmal nach: »Und den Karg haben Sie nicht wieder gesehen?

Aber bevor wir das vergessen, ganz wichtig, haben Sie Fotos von Beate dabei?«

»Doch, der Karg, der war natürlich mal da, aber ich habe nicht mit ihm gesprochen. Wissen Sie, das war ja ein altes und nicht wirklich großes Haus. Ich weiß gar nicht, wie der Straub seinen Laden damals betrieben hat, und ja, der Karg ist da ein und aus gegangen. Aber, wie gesagt, der Bea ist der am Arsch vorbeigegangen. Und ja, ich habe Fotos dabei, von uns mit und ohne Faschingshäs. Wir waren oft auf der Alb, Richtung Westerheim, sind zum Bossler rüber gewandert, zum Naturfreundehaus, oder waren am Mähdlesberg in Gruibingen, da haben sie damals noch Livekonzerte gemacht. Hier schauen Sie, das war die Bea!«

Endlich konnten die beiden Kommissare sich ein Bild von der Toten machen. Beate lächelte auf den meisten Bildern, sie war eine wirklich schöne junge Frau, die aber etwas Melancholisches an sich hatte. Selten machte sie einen glücklichen, unbeschwerten Eindruck. Am ehesten noch, wenn sie das Häs der Wiesensteiger Hexen trug, und mit ihren Vereinsfreunden Arm in Arm war. Da lachte sie ganz offen, und hatte wohl die Probleme mit ihrer Familie vorübergehend vergessen.

»Danke Herr Schindler, Sie haben uns wirklich sehr geholfen und wir werden Sie sicher noch paar Mal behelligen müssen. Aber lassen Sie uns für heute Schluss machen. Ich habe jetzt einen anderen Termin, wir melden uns, ja?«

szene 38

Schindler hatte sich verabschiedet und Zoschke war neugierig: »Was hast Du noch für einen Termin? Mit dem hätten wir doch noch weiterkommen können!«
»Ja, sicher, aber dann müssen wir auch die richtigen Fragen stellen. Was war mit dem Karg? Was weiß der Schindler tatsächlich? Wenn der Straub an diesem Faschingsmontag, wie er selbst bereits zugegeben hat, an der Turnhalle in Wiesensteig war, muss er ihn doch erkannt haben. Warum hat er uns das nicht gesagt? Was ist da passiert? Und wir können diese Geislinger Spur nicht ausschließen. Hatte sie hier noch einen Lover? Oder einen anderen Ex der eifersüchtig auf den Förster war?«

»Ich verstehe schon, Du willst ins Clochard, Dich dort umhören und ein paar Weizen trinken. Alles gut. Mach das! Vielleicht findest Du auch etwas heraus. Aber wer immer Beate umgebracht hat, er muss Zugang ins Haus der Straubs gehabt haben, oder?«

»Da hast Du einen Punkt! Wenn ich ehrlich bin, will ich auch gerne die Clochard-, beziehungsweise die Geislinger-Spur ad acta legen können. Schon aus emotionalen Gründen. Aber wir können nicht ausschließen, dass Schindler, Karg oder andere Jungs aus dem oberen Filstal, die Beate kannten, im Clochard waren.«

»Ok, und die waren zufällig Handwerker, die das Haus der Straubs renoviert haben?« »Wir wissen noch nicht sicher, wer tatsächlich renoviert hat, Straub oder Metzger

– und der war damals noch in Geislingen. Von daher, lass mich mal mit den Leuten im Clochard reden. Wobei ich mir sicher bin, dass keiner von denen Handwerker war. Ich spreche mit denen, um einfach auszuschließen, dass die darin verwickelt waren.« Zoschke meinte nur: »Alles gut, aber bitte vermische nicht Job und Freundschaften.«

szene 39

Hi Schatz, machst Du mir ein Kristall?« Jochen Schneider gab Geli einen Kuss und wandte sich dann den anderen Gästen am Tresen im »Clochard« zu. Zu dieser frühen Stunde waren eher nur die alten Stammgäste versammelt, und wenn es um den Begriff »alt« ging, so traf er hier doppelt zu. 35 Jahre im Clochard bedeutete auch 35 Jahre älter geworden zu sein zu sein. Viele von den damaligen Leuten waren aus Geislingen weggegangen, aber ein harter Kern war dageblieben, hatte sich beruflich und persönlich natürlich ganz unterschiedlich entwickelt. Aber dem Clochard waren sie treu geblieben.

»Sagt mal, ich war ja 78/79 noch zu jung. Erinnert sich einer von Euch an eine Beate Straub?« Schneider hatte einen Moment relativ ruhiger Musik ausgenutzt.

»Ach komm Jochen, bist Du jetzt, nach all den Jahren, hier bei uns auch bullenmäßig unterwegs?« warf Geli hinter dem Tresen ein. »Nein, oder sorry doch ja, ich bin da in einer Scheißsituation. Wir haben einen Fall von vor über dreißig Jahren, und das Mädel war wohl öfters hier, aber keiner erinnert sich an sie. Ihre Eltern hatten sie praktisch verstoßen und sie hat irgendwo gejobbt, eventuell beim Jim in seinem indischen Laden, oder sonst wo. Jedenfalls wurde sie 78/79 ermordet und wir tappen völlig im Dunkeln. Eigentlich geht es mir nur darum herauszubekommen, mit wem sie zusammen war.«

Pitti, der dem Clochard immer treu geblieben war und eine erfolgreiche Anwaltskanzlei in Geislingen führte, machte sich zum Wortführer der Jungs am Tresen und kämpfte bei seiner Antwort gegen AC/DC an. »Hast Du ein Foto von ihr? Es ist ja nicht so, dass wir nicht helfen wollen. Aber Du weißt schon, dass Ihr uns immer wieder auf dem Kieker hattet.«

»Sorry, ich bin ja auch immer hier, und jetzt geht es um einen Mord, den vermutlich jemand aus ihrem persönlichen Umfeld begangen hat. Und Ihr könntet dabei helfen diesen Drecksack zu finden. Schaut mal, hier habe ich Bilder von ihr.«

»Boah, ja, das ist die, weiß ich nicht mehr, Biggi oder, nein, warte, Beate, hast Du gesagt? Die war so nett, und natürlich auch hammerhübsch, die könnte ich nie vergessen. Das war ganz am Anfang, als wir hierher kamen. Da war die so da, hat auch manchmal ausgeholfen. Die war doch mit dem Zimti zusammen, der dann plötzlich weg war, ich weiß es nicht mehr, Ihr? Und sie dann doch auch? Bisschen später, oder?« Pitti blickte seine Kumpels fragend an. »Jetzt lasst uns mal helfen. Dass das Mädel umgebracht wurde ist doch echt scheiße. Jochen, wann ist das passiert? War das dieses Skelett, von dem in der Südwestpresse stand?«

»Ja, genau, das ist irgendwann 78/79 geschehen, sehr wahrscheinlich zu Fasching. Ich weiß, das ist verdammt lang her, aber wir kommen da mit der Verwandtschaft echt nicht voran. Der Zimti, wer war das? Hat sie den hier getroffen? Und sie hat hier im Clochard ausgeholfen? Aber eins noch, sie kam ja aus dem Täle und hatte da auch ihre Verbindungen in die Fasnetsszene, wisst Ihr davon was? Zum vermutlichen Zeitpunkt ihres Verschwindens war sie mit Leuten von hier viel unterwegs und vielleicht ja auch zur Fasnet im Täle.«

In Pitti machte sich der Anwalt bemerkbar. »Du, wir haben sie Dir identifiziert, haben Dir weitere Tipps gegeben, und jetzt willst Du einen von uns in die Pfanne hauen? Mach mal langsam, ja!«

Schneider hatte gewusst, dass es unangenehm werden, und dass er seine langjährige Zugehörigkeit zur Clochard-Community gefährden könnte, wenn er anfing hier zu ermitteln. Welche Wahl blieb ihm? Sie wussten von Schindler, dass Beate mit einer Truppe aus Geislingen auf der Fasnet in Gosbach gewesen war. Ob die aus dem Umfeld des Clochard, des Jugendclubs in Altenstadt, der Kifferszene oder der verschiedenen politischen Gruppen, wie der Jusos oder der SDAJ kamen, war ihm nicht bekannt.

Also versuchte er die Spannung aus dem Gespräch zu nehmen und antwortete: »Pitti, ich werde hier wirklich niemanden beschuldigen, oder gar in die Pfanne hauen. Ich will nur den Mord an einem 19-jährigen Mädchen aufklären, das Ihr gekannt habt. Und auch wenn ich das eigentlich nicht sagen darf, da gibt es einige Verdächtige aus dem oberen Filstal, mit denen ich mich deutlich mehr beschäftigen muss, als mit Euch. Hier suche ich nur Leute, mögliche Zeugen, die etwas beobachtet haben und uns bei der Aufklärung helfen könnten.«

Peter Kühnle, der sich noch nie in den Vordergrund gedrängt hatte, immer ein angenehmer Kumpel war, von dem man unglaublich viel über Musik erfahren konnte, aber sonst eher der stille Beobachter, sagte plötzlich: »Ich war damals dabei in Gosbach. Die Bea hatte uns am Wochenende zuvor eingeladen zur Fasnet zu kommen. Wir waren alle schon ein bisschen drauf, und dann hat der Schnuddel gesagt, lasst uns ins Täle fahren. Da ist doch die Bea beim Feiern. Wir haben es früher ja nicht so genau genommen, wenn wir Auto gefahren sind. Jochen, das darfst Du als Bulle gar nicht wissen, wie besoffen wir manchmal gefahren sind.«

Schneider antwortete, ohne sich anbiedern zu wollen, »Keine Sorge, Du weißt das ja auch, ich war auch nicht besser. Scheiße, was haben wir für ein Glück, dass wir damals überlebt haben. Im Gegensatz zu Beate, also was hast Du gesehen Peter?«

»Das ist ja schon ewig her, aber die Bea war einfach nett und hat mich nicht ignoriert wie die meisten Frauen damals. Ich wusste, dass ich nicht für sie in Frage kam, war, na ja, etwas dicklich und schüchtern, aber sie hat mich immer umarmt, und gesagt, Peter Du bist so lieb, wir finden die Richtige für Dich. Und an diesem Abend nach dem Umzug in Gosbach, deshalb erinnere ich mich auch noch genau daran, hat sie mir Katrin vorgestellt, und wir sind seit damals zusammen, haben zwei Kinder und das habe ich echt Bea zu verdanken.« »Das gibt's ja nicht! Echt? Aber wenn Du da nur Augen für Deine Katrin hattest, kannst Du mir sonst nicht viel erzählen, oder?«

»So schnell ging das ja nicht, und auch als sie mich Katrin vorgestellt hatte, waren wir beide erst abgelenkt von dem Drama, das da bei Bea abging. Du musst Dir das so vorstellen: wir sind nach dem Umzug in Gosbach alle ins Zelt. Die waren ja fast alle in Faschingskostümen, ich war da noch nie und in Geislingen war ja damals Fasnet immer etwas lahm und aufgesetzt, aber da ging richtig die Post ab. Und weißt Du, wir aus unserer Frank Zappa und Rolling Stones Wolke merkten plötzlich, die hatten mindestens genauso viel Spaß wie wir. Für mich war das neu, aber super, auch weil Katrin, die aus mir heute immer noch unerfindlichen Gründen Interesse an mir gefunden hatte und mir die verschiedenen Fasnethäs erklärte.

Aber einige von uns fanden das total spießig, bürgerlich. Und als dann die Bea mit ihrem Freund ankam, beide ein Häs anhatten und eine Maske hinter ihrem Kopf trugen, war für Zimti und einige andere der Ofen aus. Die wollten Bea echt zur Rede stellen, wegen dieser spießigen Gesellschaft. Sie hat da total cool reagiert, und sie zum Teufel gejagt. Das war schon heftig, weil ich wusste, dass Bea mit einigen Leuten echt eng war und sogar schon darüber gesprochen hatte, mit ihnen nach Indien zu gehen.«

»OK, darüber sprechen wir später. Und Du, was hast Du gemacht?«

»Ich hatte zum ersten Mal in meinem Leben eine Frau im Arm, und wollte auf keinen Fall weg. Wenn ich daran denke, wie naiv ich war, was normalerweise aus Faschingsbekanntschaften wird.

Unglaublich! Sie macht sich heute immer noch lustig über mich, seit ich ihr das erzählt habe.

Zwei, drei andere von unserer Clique sind geblieben, und der Rest zog ab. Aber da fing das Drama mit Bea erst richtig an. Sie war ja mit ihrem Freund, ich kann mich an seinen Namen nicht erinnern, zusammen, trank Sekt, und die beiden machten einen echt glücklichen Eindruck, als plötzlich ein Typ an unseren Stehtisch kam, der überhaupt nicht reinpasste. So ein Spießertyp, weißt Du, hochgeschlossenes Hemd mit Kragen, schwarzer Anzug und der hat die Bea als Hure bezeichnet. Die Bea war natürlich völlig angefressen, hat nur die Augen verdreht und war bleich und sagte, was will denn der Karg jetzt hier? Ich erinnere mich noch an den Namen, weil wir im Sommer in Murnau in Oberbayern waren, und da gab es so ein geiles Weizen, das Karg heißt.«

»Kanntest Du den? Was ist dann passiert?« »Keine Ahnung, aber ihr Freund, ich weiß nicht mehr, momentmal jetzt fällt es mir wieder ein, ich glaube der hieß Tobias, hat dem Kerl, ohne große Ansage, eine gewischt. Und der ist dann, mit blutender Nase und einem Taschentuch davor, kommentarlos abgezogen. Aber eins noch, ich war ja dann schon angefixt und Katrin hatte mich gefragt, ob ich am Rosenmontag nach Wiesensteig kommen würde, bin ich natürlich. Und was soll ich Dir sagen, da ist dasselbe passiert, der merkwürdige Kerl war wieder da und dieses Mal hatte er noch einen älteren Kumpel dabei, genauso trocken wie er.«

»Ok, das ist wirklich spannend! Ich würde das gerne morgen auf unserem Revier genauer durchsprechen, kannst Du um 11.00 bei uns vorbeikommen? Und jetzt gibt es eine Runde perverser Clochard Shots!«

»Hi Geli, wir sind wieder Freunde, machst Du uns eine Runde?« »Männer…« kam als Kommentar zurück, »aber nur eine, wirklich nur eine Runde!«

szene 40

Aufwachen Jochen, ich weiß, bin ja selber schuld, und hätte Euch wirklich nur eine Runde geben dürfen, aber so wie Du heute Nacht geschnarcht hast – ab sofort Bett- und Lokalverbot! Und zusätzlich Alkoholverbot! Kannst Dich ja entscheiden, aber vorher solltest Du Dich schnell duschen und dann ab ins Büro. Deine Ossikollegin hat schon dreimal angerufen.

»Oh Geli, lass me doch en Ruh. Des war rein dienstlich gestern Abend! Da muss ich halt auch Opfer bringe.«

»Du armer Kerl! Neun Supershots für je sieben Leute á 6 Euro macht € 378-. und Du hattest nicht genügend Geld dabei. Ich stelle Dir gerne eine Rechnung aus, und wenn Du sie als Spesen abrechnen kannst – super. Bin gespannt, was Euer Controlling in Göppingen sagt. Und wenn sie nein sagen, wars halt auch ein finanzielles Opfer, nicht nur eins an den Deinen Gehhirnzellen. Ganz im Ernst Jochen, das war ja wirklich so was von jenseits. Trink bitte nicht so viel. Das tut Dir und uns nicht gut!«

»Ja, ich weiß, ich war nur so froh, dass ich aus dieser blöden Situation heil rausgekommen bin, und die Jungs mich weiterhin akzeptieren.«

»Schatzi, die wissen seit dreißig Jahren, dass Du Bulle bist, und keiner hat Dich deswegen gedisst. Du musst ihre Freundschaft nicht durch Freirunden erkaufen und Dir dabei das Hirn wegblasen. Die wissen schon, dass Du ok bist. Und jetzt ab in die Dusche.«

Schneider folgte ihrem Befehl und überlegte im Bad, was ihm der Abend im Clochard, außer einem fürchterlichen Kater, gebracht hatte. Dieser ominöse von den Eltern ausgesuchte „Bräutigam" für Beate hatte ja seit dem Gespräch mit Schindler auch einen Namen. Und Peter Kühnle hatte ihn bestätigt. Da mussten sie ansetzen und ihn finden. Ansonsten wollte er das Gespräch mit Peter abwarten um weitere Details zu heraus zu bekommen.

szene 41

Mein lieber Schieber, das war ja wohl ein ganz harter Einsatz gestern Abend im Clochard! Können wir etwas zu Deiner Reanimation tun?« Irene Bechtle machte sich an die Kaffeemaschine und wandte sich an Schneider. »Schon gefrühstückt? Und zu Deiner Beruhigung, der Mäder hat Euren Termin in Göppingen absagen müssen, weil er nicht aus Stuttgart wegkommt. Wie wäre es mit einem Aspirinomelette?« »Ja danke, Du mich auch. Bring mir bitte einen Kaffee und dann gehen wir zur Tagesordnung über, ja?« »Die da wäre? Ihr macht doch eh, was Ihr wollt, die Doreen ist schon wieder weg. Ich glaube, die hatte Sehnsucht nach den Straubs in Deggingen und will Dir die Auswertung Deines Nachteinsatzes überlassen. Was hast Du eigentlich rausgefunden?«

Schneider war sich darüber auch noch nicht ganz im Klaren. Die Jungs im Clochard hatten zwar viele neue Informationen geliefert, und auf jeden Fall den Hauptverdächtigen bestätigt. Ob aus Sympathie oder objektiven Gründen, für ihn war die Geislinger Szene raus – schon allein deshalb, wie er sich immer wieder versicherte, warum und wie sollten die Beates Leiche in das Haus ihrer Eltern geschafft und eingemauert haben?

Nein, Doreen war da sicher auf der richtigen Fährte. Er wollte sie gleich anrufen und danach noch einmal mit Tobias Schindler sprechen.

»Doreen, gut dass ich Dich noch erreiche, bevor Du bei den Straubs bist. Also, was ich gestern Abend herausgefunden habe, ist in aller Kürze: bei den Fasnetsveranstaltungen in Gosbach und zwei Tage später in Wiesensteig gab es richtig Zoff um Beate. Sie wurde von einem jungen Mann, namens Karg, und das bestätigt die Aussage von Tobias Schindler, am Samstag in Gosbach angemacht, der dann eins auf die Nase bekommen hat. Aber am Rosenmontag in Wiesensteig ging das wieder los, und da war noch ein etwas älterer Mann dabei. Ihr Vater? Der hatte doch gesagt, dass er an der Turnhalle war, aber nichts davon, dass es eine Auseinandersetzung gab. Hakst Du da gleich noch einmal nach?«

Schneider wollte gerade einen Termin mit Tobias Schindler vereinbaren, als er Peter Kühnle im Flur des Reviers sah. Den hatte er ja gestern Abend gebeten, als sie noch einigermaßen nüchtern waren, heute bei ihm vorbeizukommen.

»Hi Peter, wie geht es Dir? Bist Du auch so fertig wie ich?«
Kühnle verdrehte nur die Augen. »Da sollte man glauben, dass wir im Alter vernünftiger werden, aber keine Spur. Du hast mit den Shots ja unbedingt anfangen müssen!«

»Und Du warst der Erste, der nach dem nächsten gefragt hat! Ok, lassen wir das, wir hatten unseren Spaß, und es war so geil, als wir gemerkt haben, dass alle von uns damals am 1. September 84 dabei waren, als der SC den HSV mit 2:0 aus dem Pokal geworfen hat. Wobei, ganz ehrlich, im Nachhinein war ja jeder dabei. Ins Eybacher Tal haben 7.000 Leute gepasst. Und ganz Geislingen war da.

Egal, wir haben andere Themen. Mir geht es vor allem um den Typen, der Beate angemacht hat, und Du warst Faschingssamstag und Montagabend dabei. Wie sah der aus, und wie sah der ältere Mann am Montag aus? Ich weiß, lange her, aber Du hattest gerade Deine Katrin kennengelernt, das waren intensive Momente, da bleibt doch mehr im Gedächtnis als sonst, oder? Und Beate hat ihn Karg genannt?«

»Ja klar, aber ehrlich, würdest Du Dich nach 40 Jahren noch ein Gesicht erinnern, das Du nur kurz gesehen hast? Und ja, Beate hat gesagt, der Karg, dieser Schleimer. Wie gesagt, der hat nicht gepasst, dunkler Anzug, zugeknöpftes Hemd, am Rosenmontag, der Alte genauso. Und aggressiv waren die, als ob die Bea kein eigenes Leben haben dürfte, und jeder der ihr nahe kam ein Feind war.«

»Peter, kein Problem, ich verstehe natürlich, dass Du uns nach all den Jahren kein Phantombild mehr liefern kannst. Aber eins ist noch wichtig. Wer aus der Geislinger Szene könnte so eifersüchtig gewesen sein? Und hatte der Zugang zu Ihrer Familie?«

»Vergiss es! Von uns war das keiner. Wir mochten die Bea, und es gab echt keinen Grund ihr was anzutun. Hätte sowieso keiner von uns gemacht. Wir waren vielleicht manchmal schräg drauf, aber Gewalt? No way! Und mit wem immer sie hier zusammen war, der hat sich bestimmt schnell wieder anderswo umgesehen. Das war damals so. Wie gesagt, ich war da eher der Außenseiter, hatte aber dank Bea, das klingt jetzt pathetisch, ist aber so, mein Glück gefunden. Katrin und ich sind seit dem Faschingssamstag damals zusammen. Wenn ich noch irgendetwas dazu beitragen könnte den Scheißkerl zu finden, sofort. Aber ich weiß einfach nicht mehr.«

szene 42

Und täglich grüßt das Murmeltier, dachte Doreen Zoschke. Wenn Du hier lebst, hast Du es als Schwabe schon einfacher. Der Jochen treibt sich ermittlungsmäßig in seiner Stammkneipe und den Faschingsvereinen rum, und ich darf schon wieder dieses ätzende Seniorenpaar befragen. Und dann ruft auch der Sven immer wieder an, und will, dass wir den Abend von neulich wiederholen. Natürlich meint er die Nacht! Aber das kann Dir ja überall passieren, und dass die Arbeit nicht immer spaßig ist, geschenkt. Jetzt reiß Dich mal am Riemen, Schluss mit dem Selbstmitleid, wir stehen kurz vor dem Durchbruch und ich jammere vor mich hin.

Immer noch etwas schlecht gelaunt machte sie sich auf den Weg, um wieder einmal die Straubs zu befragen. Aber sie hatte den Plan, vorher noch Essen einzukaufen, der Kühlschrank zuhause war notorisch unterversorgt, und, wie ihr Jochen gesagt hatte, Deggingen mit seiner schmucken Hauptstraße hatte noch richtig gute Metzger, Bäcker, andere Einzelhandelsgeschäfte. Was das gleich ausmacht, dachte sie, einmal nicht die immer selben Geschäfte wie in den Großstädten zu sehen, die es weltweit überall gibt, und trotzdem verschwinden diese Einzelhändler, weil wir alle bei Lidl oder Aldi einkaufen und online bestellen. Ist doch echt ein Verlust, wenn solche Läden verschwinden. Aber daran haben wir alle unseren Anteil.

Sie hatte noch eine halbe Stunde Zeit, erledigte ihre Einkäufe, wurde echt freundlich bedient und ließ sich noch beim Heilig, einer richtig tollen Gärtnerei einen schönen Strauß machen. Verrückt, dachte sie mit viel besserer Laune, was doch ein einfacher Einkauf und ein paar nette Worte von anderen Menschen bewirken können.

szene 43

Herr und Frau Straub, ich komme mir bei Ihnen vor Sisyphos. Die Ergebnisse unserer Unterhaltungen haben eine Halbwertzeit von maximal einem Tag, weil wir grundsätzlich von anderer Seite erfahren, dass Sie uns wieder einmal angelogen oder nur einen Teil der Wahrheit gesagt haben! Ich garantiere Ihnen, wenn Sie jetzt nicht endlich mit der Wahrheit herausrücken, sitzen Sie in ein paar Monaten auf der Anklagebank. Da hilft Ihnen weder Ihr Alter noch Ihr Glaube. Herr Straub, Sie haben zwar inzwischen zugegeben, dass Sie damals beim Fasching vor der Turnhalle waren und Beate beobachtet haben, aber Sie haben verschwiegen, dass Sie nicht alleine dort waren. Wer war mit Ihnen? Mit wem wollten Sie Beate verkuppeln?«

Die von Natur aus eher ängstliche Frau Straub wurde noch blasser, als sie ohnehin schon war, und warf ihrem Mann einen auffordernden Blick zu. »Johannes, ich han Dir doch gsagt, wir müsset endlich die Wahrheit sage.« »Die Wahrheit? Was ist die Wahrheit? Dass wir eine Tochter aufgezogen haben, die rumgehurt, sich unserem Glauben abgewandt und Schande über uns gebracht hat? Willst Du, dass ich das erzähle, aller Welt preisgebe, wir uns zum Gespött in unserer Gemeinde machen?«

»Herr Straub, zum wiederholten Male, es geht hier nicht um Ihren Glauben. Es geht darum, dass Ihre Tochter ermordet wurde. Sehr wahrscheinlich, an dem Abend, an dem Sie sie rumhuren, wie Sie es nennen, gesehen haben.

Mit wem waren Sie dort? Und was ist passiert?«»Es ist nichts passiert, ich habe auch nichts mehr zu sagen.«

»Gut, Herr Straub, wie Sie wollen. Ich habe Ihnen die Chance gegeben, ehrlich zu sein. Wir wissen, dass Sie mit einem jungen Mann namens Karg dort waren, der in Ihrem Haus damals ein und aus ging und dem Sie Beate wohl versprochen hatten. Sie und Karg hatten eine Auseinandersetzung mit Tobias Schindler, dem Freund Ihrer Tochter. Ich nehme Sie jetzt einstweilen fest, weil Sie Hauptverdächtiger an der Ermordung Ihrer Tochter Beate sind. Ich rufe kurz meine Kollegen hier in Deggingen an, und die holen Sie dann ab und bringen Sie nach Göppingen.«

»Johannes, i hab's Dir doch gsagt. Die krieget des raus.« Frau Straub war verzweifelt und wandte sich an Zoschke. »Frau Kommissarin, wenn wir jetzt alles erzählet, dann brauchet Se mein Mann au net mitnehme, oder?«

»Tut mir leid, aber der Zug ist abgefahren. Wir beide unterhalten uns danach noch alleine.«»Meine Frau hat Ihnen ohne mich gar nichts zu sagen, ich verbitte mir das.« Straub war immer noch renitent.

Doreen Zoschke entgegnete kühl. »Erstmal haben Sie hier nichts mehr zu sagen. Wir sehen uns auf dem Kommissariat in Göppingen, dann können Sie reden.«

szene 44

So Frau Straub, Ihr Mann hat sich das selbst eingebrockt. Jetzt kann er in Ruhe nachdenken, bis wir ihn später im Verhör haben. Aber lassen Sie uns beide doch mal vernünftig miteinander reden. Beginnen wir mal ganz einfach. Wer war dieser Karg?«
»Ach, der Johannes…« Zoschke unterbrach sie. »Wie Johannes? Heißen bei Ihnen alle so? Sie haben auch einen Ihrer Söhne so genannt, oder?« »Ja, Johannes hat unseren Herrn Jesus getauft und wurde dafür geköpft und er hat…« Wieder wurde sie von Zoschke gestoppt. »Moment Frau Straub. Wir reden jetzt erst mal von Johannes Karg, der nach ihrem Willen Beate heiraten sollte, eifersüchtig war, weil Beate nicht wollte und sie dann gemeinsam mit ihrem Mann umgebracht und hinter ihrem Badezimmer versteckt hat.«
»Um Himmels Wille, Frau Kommissarin, was denket Sie bloß? Noi, mei Mann hätte die Beate niemals umbringe könne.« »Dann war es Johannes Karg alleine?« »Ganz bestimmt net, der ghört doch au in unsere Gemeinschaft.« »Das werden wir ja dann sehen. Wo finde ich diesen Johannes Karg? Wir müssen uns unbedingt mit ihm unterhalten.« »Ach lasset Se doch den Johannes en Ruh. Des isch so en lieber Kerle, der isch verheiratet ond hot vier Kinder.« »Frau Straub, wollen Sie mich für dumm verkaufen? Wenn Ihr Mann die Beate nicht ermordet haben soll, dann war das Ihr lieber Johannes Karg. Also, wo finde ich ihn?«

Zoschke wurde nicht schlau aus dieser Frau, war sie wirklich so naiv, oder tat sie nur so? Aus Angst vor ihrem Mann oder war sie involviert? Sie hatte doch mehrmals Anstalten gezeigt ehrlich zu sein, und dann in Anwesenheit ihres Mannes immer einen Rückzieher gemacht. Warum konnte sie jetzt, da ihr Herr und Gebieter in Gewahrsam war, immer noch nicht offen reden?

Aber wenn sie, Doreen, ehrlich zu sich selbst sein wollte, warum hatte sie die ganzen Jahre mit ihrem Mann, diesem Nazi-Schwachkopf mitgemacht, hatte all das erduldet und erst so spät den Mut aufgebracht ihn zu verlassen?

»Ich verstehe Sie ja Frau Straub. Sie wollen nichts gegen Ihren Mann sagen. Aber denken Sie doch mal an Ihre Tochter. Die wurde mit 19 Jahren ermordet. Das hat doch mit Christentum nichts zu tun. Der Schuldige muss doch endlich zur Rechenschaft gezogen werden.«

»Ja sicher, do hent Sie scho recht. Des hab i ja all die Jahre au emmr denkt. Also, wenn Se mit dem Johannes Karg rede wollet, der wohnt in Reichabach ond, des muss i wahrscheinlich au sage, seit unsere Söhne in Spanien send, hat er praktisch des Gschäft von meim Mann übernomme.«

»Das heißt, der ist hier, der war womöglich die ganze Zeit, seit wir Sie befragen, hier auf dem Gelände?« »Ja sicher, der arbeitet scho emmr für uns. Sie hent doch mit dem gschwätzt, als Sie des erschte Mal komme send.« »Das ist doch der Gipfel, ich war gerade versucht Verständnis für Sie zu haben und dann verschweigen Sie mir das die ganze Zeit? Der sitzt jetzt womöglich unten im Büro, oder?« Sie wollte schon losstürmen, hielt aber inne und drehte sich nochmals um. »Sagen Sie mal, das will ich jetzt doch noch vorher wissen. Warum sind Ihre beiden Söhne nach Spanien und haben das Unternehmen, dass sie ja wohl erben sollten, verlassen? Und wann war das genau?«

Bei der alten Dame brachen jetzt alle Dämme, sie war deutlich aufgewühlt und versuchte plötzlich wieder hochdeutsch zu sprechen. »Da gab's doch bloß noch Streit. Die drei waret wie Hund und Katz. Also Michael und Johannes, gegen ihren Vater.« »Um was ging es da? Nur um Geschäftliches, oder privates und Ihren Glauben?«
»Um alles ging's. Die zwei send doch längst aus unserer Gemeinschaft raus, der Michael hat a Schwarze geheiratet und der Johannes kam irgendwann mit einem Lebensgefährten an. Des war des schlimmste für mein Mann, nach allem, was wir mit der Beate durchgemacht haben, auch das noch. Da hat er die Beiden rausgeschmissen.« »Um Himmels Willen, wann war das denn? Ich dachte, das sei erst vor kurzem gewesen?« »Noi, des war schon vor über 15 Jahr.«
Zoschke begriff gar nichts mehr. Was hatten die beiden Alten ihnen noch an Lügen aufgetischt?

»Vor mehr als 15 Jahren? Und dann stehen die beiden noch als Geschäftsführer im Handelsregister? Das ist doch nicht Ihr Ernst! Wie geht das denn?« »Des wollt der Metzger so. Sonst hätt mein Mann längst den Johannes Karg ins Geschäft gnomme, do bin ich sicher.« »Und was hat der Metzger mit Ihrem Unternehmen zu tun?« »Des müsset Sie wirklich mein Mann frage, keine Ahnung, der war halt öfters bei uns.«
»Wissen Sie Frau Straub, was ich überhaupt nicht verstehen kann? Das Christentum vertritt doch Nächstenliebe und Toleranz und Sie haben die ganzen Jahren gewusst was passiert ist? Sie haben Ihre Tochter aufgegeben, nur weil sie anders war? Und Ihre Söhne genauso! Schämen Sie sich!«

szene 45

Zoschke wollte sofort Schneider informieren und ihn bitten, schnellstmöglich nach Deggingen zu kommen, um die Befragung von Karg zu zweit durchführen zu können. Er widersprach ihr heftig.
»Doreen, das Verhör findet bei uns auf dem Revier in Geislingen statt. Meinetwegen geh zu ihm ins Büro, sprich mit ihm, ohne dass er Verdacht schöpft, aber informiere zuerst die Kollegen vor Ort, damit sie ihn mitnehmen können. Das ist ein Mordverdächtiger. Wir müssen jetzt Flagge zeigen. Die haben uns doch die ganze Zeit verarscht. Und sei vorsichtig, ja?«

Schneider lag sicher richtig, die Zeit, um die Straubs und ihr Umfeld rücksichtsvoll zu behandeln war definitiv vorbei. Sie hatte sich von Frau Straub mit den Worten, »ich komme gleich wieder, und dann reden wir mal ausführlich miteinander« verabschiedet, und war, um zu telefonieren auf den Hof gegangen, drehte sich um, machte ein paar Schritte Richtung Büro und sah durch das Fenster den Mann, den sie bei ihrem ersten Besuch bei den Straubs nach dem Weg gefragt hatte, am Schreibtisch sitzend, den Telefonhörer am Ohr. Das musste Karg sein. Sie informierte das Revier in Deggingen, wartete unentschlossen einige Minuten und ging dann doch zurück ins Haus, klopfte an der Bürotür, trat ein und bekam, wie aus dem Nichts, einen heftigen Schlag auf den Kopf, der sie niederstreckte und ihr das Bewusstsein nahm.

szene 46

Durch den Anruf von Doreen aufgeschreckt, wusste Schneider, dass sie in die entscheidende Phase bei der Aufklärung des Mordes an Beate Straub getreten waren. Ohne die kompletten Zusammenhänge zu kennen, es schien offensichtlich, wer der Mörder war. Und er hatte soeben seiner Kollegin geraten sich dem Verdächtigen zu nähern und mit ihm zu sprechen.

Verdammt nochmal, was wenn die alte Straub den Karg gewarnt hat, dachte er, versuchte das Revier in Deggingen zu erreichen und raste zu seinem Wagen. Er war schon unterwegs, als endlich jemand seinen Anruf entgegennahm. »Hier Polizeirevier Degg....« »Ja, ist schon gut. Hier HK Schneider aus Göppingen. Sind die Kollegen unterwegs, um den Verdächtigen Karg beim Bauunternehmen Straub festzunehmen?« »Nein, die sind bei einem Nachbarschaftsstreit in Mühlhausen, da hat einer einen Baum…« »Das ist jetzt scheißegal, die müssen sofort zurück nach Deggingen, ich bin auch unterwegs. Mach Dampf!«

Schneider hatte längst das Blaulicht auf das Dach seines Daimlers gesetzt, war bereits auf der B466, wusste aber, dass er mindestens noch 10 Minuten brauchen würde. Seine Anrufe auf Doreens Handy waren vergeblich. War ihr etwas passiert? Hatte Karg sie überrascht?

Nach kaum acht Minuten bog er links in das Industriegebiet Deggingen ein und legte eine Vollbremsung im Hof der

Bauunternehmung Straub hin. Sprang aus dem Wagen und rannte Richtung Büro. Seine Waffe im Anschlag trat er die Tür auf und sah Doreen am Kopf blutend auf dem Boden liegen. Sonst befand sich niemand im Büro. Er beugte sich über sie, fühlte ihren Puls und schüttelte sie. »Hei Doreen, wach auf, ich bin da. Alles ok. Ich hole uns jetzt einen Notarzt und einen Rettungswagen.« Er nahm den Kopf seiner Kollegin auf seinen Schoß, drückte ein Taschentuch auf die zum Glück nur wenig blutende Wunde und streichelte ihren rechten Arm. »Doreen, es wird alles wieder gut. Bleib bei mir, ja?

Zum Glück war das DRK nicht in Nachbarschaftsstreitigkeiten verstrickt und der Notarzt war wirklich blitzschnell da, schaute sich Doreen an und gab die einstweilen beruhigende Nachricht: »Die Vitalfunktionen sind ok, wir nehmen sie mit nach Göppingen, zum Eichert, oder wir klären das noch schnell ab mit Geislingen, und sehen dann weiter.«

szene 47

Sie haben den Karg gewarnt, dass meine Kollegin gleich bei ihm auftauchen wird, und der hat sie daraufhin niedergeschlagen. Frau Straub, ich verhafte sie wegen Beihilfe zu gefährlicher Körperverletzung!« Das war ein Schuss ins Blaue von Schneider, aber die Straub machte keinerlei Anzeichen des Widerspruchs. Er hatte wohl richtig vermutet.

»Wo finde ich Herrn Karg? Sie können Ihre Situation wirklich erleichtern, wenn Sie uns helfen.«

»Des wollt ich doch net, i hab dem Johannes doch nur sage wolle, dass die Polizei do isch und sie mit ihm spreche wolle. Glaubet Sie wirklich, dass der mei Beate ermordet hot?« »Ja das glauben wir wirklich, und jetzt sagen Sie mir endlich, wo er stecken kann.«

»Der wird sicher zu seiner Familie in Reichabach sei, und dann verschwinde wolle.« »Reichenbach hier im Täle, oder das weiter unten an der Fils?« Schneider hatte längst von Irene Bechtle die Meldeakten von Karg erhalten, wollte aber die Straub nochmals checken.«

»Noi, natürlich hier, glei ums Eck, in der Unterböhringerstroß. Glaubet Sie mir des, wenn der die Beate umbrocht hot, dann hab i vierzig Johr lang de falsche Leut glaubt, inklusive meinem Mann. Des werd ich dene nie verzeihe. Und erst recht net, dass der mir au no meine Söhne weggschickt hat.

»Frau Straub, ich fahre jetzt nach Reichenbach. Aber Sie bleiben hier und rühren sich nicht vom Fleck. Wir haben noch viel zu besprechen.«

szene 48

Merkwürdig, dachte Schneider, wie das Gehirn manchmal funktioniert. Obwohl er im Moment wirklich andere Sorgen hatte, erinnerte er sich auf der kurzen Fahrt nach Reichenbach im Täle daran, dass Geli ihn mal gezwungen hatte den Reichenbacher Löwenpfad mitzugehen. Der Weg war superschön, aber das Beste für ihn war die richtig gute schwäbische Küche im Wasserberghaus, das auf dem Weg lag. Das sollten wir wieder mal machen, dachte er, auch mit Doreen, aber jetzt muss ich erstmal diesen Drecksack erwischen, der sie niedergeschlagen hat und vermutlich der Mörder von Beate Straub war.

Vor dem zweistöckigen Haus der Kargs standen zwei Autos, ein SUV und, oh Wunder, ein Streifenwagen. Schneider begrüßte die Kollegen Jäger und Kienzle, die er ja schon vom Leichenfund in Wiesensteig kannte, ungnädig. »So, haben es die Herren auch mal einrichten können. Meine Kollegin wäre fast drauf gegangen, weil Ihr Euch mit einem saublöden Nachbarschaftsstreit beschäftigt habt.« »Das ist nicht fair Herr Kommissar, wir sind total unterbesetzt und müssen eben ausrücken, auch wenn es der letzte Scheiß ist.« »Ja, ja, ist schon gut, bin nur total angepisst, weil meine Kollegin niedergeschlagen wurde und wir sie nicht beschützen konnten. Aber jetzt gehen wir hier rein und nehmen den Typen fest, wenn er noch da ist.«

Bevor sie überhaupt klingeln konnten, öffnete sich die Haustür und eine etwa fünfzigjährige Frau kam heraus und fragte. »Was macht denn die Polizei bei uns? Können wir helfen?«
»Wenn Sie Frau Karg sind, ganz bestimmt. Wir müssen mit Ihrem Mann sprechen. Ist er da?«
»Nein, der ist auf der Arbeit. Was wollen Sie denn von ihm?« »Tut uns leid, aber Gefahr in Verzug, wir müssen Ihr Haus durchsuchen. Ihr Mann ist des Mordes verdächtig und er ist definitiv nicht in Deggingen bei der Arbeit.«
»Des Mordes verdächtig? Das ist ja lächerlich, mein Johannes würde niemals jemanden etwas antun. Aber er ist ja auch nicht da. Sie können nicht einfach unser Haus durchsuchen.«
»Vor einer halben Stunde hat er meine Kollegin niedergeschlagen, und wir gehen jetzt rein!«

Das wohl in den nuller Jahren gebaute Haus hatte zwar eine typische, aber großzügige Aufteilung, Keller, Erdgeschoß mit großer offener Küche zum Wohnzimmer hin, Arbeits- und Gästezimmer, Toilette und Bad und oben die Schlafzimmer für Eltern und Kinder, sowie zwei weitere Bäder. Ganz schön große Wohnfläche dachte Schneider, aber das konnte ihm im Moment egal sein. Johannes Karg war jedenfalls nicht aufzufinden.
»Wo ist Ihr Mann? Wenn Sie uns nicht helfen, machen Sie sich der Mithilfe schuldig.« Schneider war sich wieder im Klaren darüber, dass er sich auf dünnem Eis bewegte, aber er sah auf die Schnelle keinen anderen Weg die Ehefrau unter Druck zu setzen und zu einer Aussage zu bewegen..

»Ich weiß es nicht, und wenn ich es wüsste, würde ich es Ihnen nicht sagen. Wir sind hier rechtgläubige Christen und haben niemandem etwas getan.« Schneider platzte endgültig der Kragen: »Oh leck mich doch, wie ich diese Bigotterie satthabe! Haben Sie nicht zugehört? Ihr Mann hat gerade eine Polizistin, meine Kollegin, niedergeschlagen und Sie kommen mir mit so einer beschissenen Lüge? Saubere Christen seid Ihr! Jäger, Kienzle, bringt diese Frau nach Geislingen aufs Revier.«

»Das können Sie nicht machen, ich habe nichts getan und ich kann doch meinen Mann nicht verraten.«

Schneider, dem klar war, dass er wieder herunterfahren und der Frau klaren Wein einschenken musste, um weiterzukommen, schloss die Augen, atmete dreimal tief durch und schaute dann Frau Karg an.

»Wissen Sie, dass Ihr Mann vor vielen Jahren ein schwangeres Mädchen umgebracht hat, weil die nichts von ihm wollte? Und wir erst jetzt die Leiche gefunden haben und er deshalb so panisch reagiert? Wollen Sie wirklich einen Mörder decken und weiter zu ihm stehen?«

Die drei Polizisten sahen die völlige Veränderung im Gesichtsausdruck und der Körperhaltung der Frau. Von Trotz und Widerstand zu Resignation und Verzweiflung.

»Frau Karg, wenn Sie das nicht gewusst haben, wird Ihnen auch nichts passieren, aber wenn Sie Ihren Mann jetzt decken, reiten Sie sich auch noch mit rein. Denken Sie an Ihre Kinder. Wo ist er?«

»Ich weiß es wirklich nicht, er war kurz hier, hat eine Tasche gepackt und als ich wissen wollte, was denn los sei, hat er mich nur angeschrien, ich solle das Maul halten und ich sei sowieso eine blöde Kuh, und hätte ihn die ganze Zeit nur genervt. So habe ich ihn noch nie erlebt.«»Ok, ich glaube Ihnen, aber Sie müssen doch eine Ahnung haben, wo er sich verstecken könnte, oder?«

Frau Karg, die sich bislang einigermaßen unter Kontrolle hatte, fing hemmungslos an zu weinen. »Ich dachte, wir hätten ein gutes Leben. Auch wenn der Johannes schon immer etwas distanziert war, und er wenig mit mir gesprochen hat, aber wir haben uns doch hier etwas aufgebaut, und die Kinder sind doch auch da.«»Darüber werden wir sicher noch sprechen, aber jetzt geht es darum Ihren Mann zu finden. Nochmals, wo könnte er sein?«

»Also, das Einzige, was mir seit Jahren aufgefallen ist, war sein merkwürdiger Kontakt mit dem Metzger, dem Immobilienmensch aus Göppingen. Ich wollte nie wirklich wissen, was da war, aber den fand ich immer eklig. Johannes war schon auch mit ihm in Spanien. Ich weiß nicht, was die da gemacht haben. Die Söhne von den Straubs sind ja dort.«

Schneider reagierte sofort und rief das Kommissariat in Göppingen an:»Leute, schickt ganz schnell einen Wagen zur Metzger International Real Estate. Die Kollegen sollen den Metzger festhalten und checken, ob sich ein gewisser Johannes Karg dort aufhält. Ich bin in zwanzig Minuten da. Und ach ja, sprecht mit dem LKA und den Kollegen vom Flughafen in Echterdingen – falls die beiden Herren schon unterwegs sind und nach Spanien abhauen wollen.«

»Frau Karg, Sie bleiben hier und kümmern sich um Ihre Kinder. Ich komme später wieder und dann unterhalten wir uns in Ruhe, ja?« Nun hatte er schon zwei Frauen aufgetragen zuhause zu bleiben und auf weitere Gespräche zu warten. Und Doreen war im Krankenhaus, Karg flüchtig und der Metzger immer stärker involviert. Was für ein Tag!

szene 49

Exakt 22 Minuten später legte Schneider wieder eine Vollbremsung vor dem ihm jetzt noch pompöser und unangenehmer wirkenden Geschäftsgebäude von Metzger hin. Am Eingangsbereich stand ein Streifenwagen. Die Kollegen waren immerhin schon da, aber als er ihre ratlosen Gesichter am Empfang sah, hatte er das Gefühl, dass er vermutlich wieder zu spät gekommen war.

Die Rezeptionistin erinnerte sich an Schneiders letzten Besuch und war bemüht ihn dieses Mal besser zu behandeln. »Herr Metzger befindet sich leider nicht im Hause, er hat vor einer halben Stunde das Gebäude verlassen. Sicher weiß seine Sekretärin, Frau Kroll, wo er sich befindet.« »Ja, danke, hatte Herr Metzger noch Besuch? Von einem Herrn Karg, das müssten Sie doch wissen?« »Leider nein, bei mir hat sich kein Besucher mit diesem Namen angemeldet.«

»Ihr beiden bleibt hier und kontrolliert jeden der raus oder rein will« ordnete Schneider seinen uniformierten Kollegen an und wählte gleichzeitig die Nummer seines Lieblingskollegen beim LKA.

»Hör mal Mäder, Dein Freund Metzger ist vermutlich verschwunden und mit ihm unser Hauptverdächtiger im Mordfall Wiesensteig. Ich glaube, der will nach Spanien abhauen, kümmere Dich mal darum.« Ohne eine Antwort abzuwarten, beendete er das Gespräch, rannte zum Fahrstuhl, drängte sich durch die gerade schließende Tür und drückte die Taste zur Vorstandsetage.

»Sie sind doch die Frau Kroll, wo ist Ihr Chef? Hatte er heute Besuch von einem Herrn Karg?« Schneider irritierte die gerade mit Ihren Fingernägeln beschäftigte Sekretärin nachhaltig.
»Was machen Sie hier? Sie haben keinen Termin. Und Herr Metzger ist überhaupt nicht da.« »Darum geht es ja genau, wo ist er? Wir sind von der Kripo Göppingen und wenn er sich nicht in der nächsten halben Stunde bei uns meldet, wird er zur Fahndung ausgeschrieben. Also, wenn Sie als Chefsekretärin am Erhalt Ihres Jobs interessiert sind, versuchen Sie Ihren Chef zu erreichen.«
»Oh Gott, als dieser merkwürdige Typ auftauchte, wusste ich, dass etwas nicht stimmt. Der Chef ist gleich wieder mit dem raus und ich sollte ihm noch zwei Flüge nach Málaga buchen, aber er hat mir nicht einmal die Daten von diesem Menschen gegeben – wie soll ich da buchen?« »Na ja, das kann Ihr Chef ja wohl auch über das Handy erledigen.«
Schneider reagierte umgehend und wählte wieder die Nummer des LKA. »Mäder, checkt schnell, ob es eine Buchung für Metzger und Karg nach Málaga in Echterdingen, München, Memmingen, Baden-Baden oder Frankfurt gibt. Nur zur Sicherheit. Ich denke, der ist ja auch nicht blöd und weiß, dass wir ihn auf den Flughäfen schnell haben. Vielleicht will er sogar die, was weiß ich, 2000 Kilometer oder so mit dem Auto nach Marbella fahren. Ihr besorgt auch die Kfz-Zeichen und seine Kreditkartennummern. Ciao.«
»Nicht so schnell,« stoppte ihn Mäder. »Warum bist Du so sicher, dass der Metzger nach Spanien will, der hat doch

noch mehr Möglichkeiten unterzuschlüpfen. Außerdem haben wir gegen ihn noch lange nicht ausreichend Material für einen Haftbefehl.« »Ja, aber er hat den Karg dabei, von dem wir inzwischen wissen, dass er die Beate Straub ermordet hat.«

»Ok, das müsste reichen. Aber ich verstehe nicht, warum er wegen dem Karg sein ganzes Imperium aufs Spiel setzt. Wir sind schon an ihm dran, aber beweisen können wir noch nichts.« Schneider überlegte kurz und musste Mäder rechtgeben. »Dann ist der Karg für ihn ja nur ein Klotz am Bein, den er schnellstmöglich wieder loswerden muss, oder?«

»Ja, kann man so sehen. Hängt davon ab, was der weiß.« Mäder klang auch nachdenklich. Wenn Metzger nun Johannes Karg gar nicht in Sicherheit bringen und mit ihm flüchten, sondern ihn als lästigen Zeugen beseitigen wollte?

szene 50

Schneider war auf der B 10 unterwegs zurück nach Geislingen und wollte erstmal nach Doreen schauen, als ihn Irene Bechtle anrief. »Du Jochen, ich habe da den Herrn Metzger in der Leitung, soll ich durchstellen?« »Jetzt verstehe ich gar nichts mehr, ja klar, gib ihn mir!« »Herr Schneider, meine Sekretärin Frau Kroll hat mich informiert, dass Sie mich sprechen wollten. Was kann ich für Sie tun?« Dieser aalglatte Hund dachte Schneider, will der mich verarschen? »Herr Metzger, Sie sind mit Johannes Karg, einem Mörder, auf der Flucht und fragen mich, was Sie für mich tun können?« »Um Himmels willen, wie kommen Sie auf den Gedanken, dass ich auf der Flucht bin, und noch dazu mit Herrn Karg? Ja, er war bei mir und ich wollte ihn bei Ihnen auf dem Polizeirevier vorbeibringen, als er plötzlich an der Ampel aus dem Auto sprang. Keine Ahnung, wo er jetzt ist.« »Und da ist es Ihnen nicht in den Sinn gekommen uns zu informieren?« »Das mache ich ja jetzt. Ich musste mich erstmal sortieren und bin jetzt zurück im Büro.« »Bleiben Sie da, wir kommen.« Schneider war mehr als angefressen und rief zum dritten Mal in einer Stunde das LKA an. »Mäder, Du wirst es nicht glauben, wir haben einen Termin mit Metzger in seinem Büro. Kommst Du?«

Als er in Gingen die Ausfahrt von der vierspurigen Bundesstraße genommen und gewendet hatte, informierte er zunächst einmal die Bechtle. »Irene, die Ereignisse haben

sich ja heute überstürzt. Aber erstmal, wie geht es Doreen?«
»Die ist im Krankenhaus, gar net im Eichert, sondern in Geislingen, ich fahr auch gleich hin, aber die Stationsschwester hat mir gesagt, dass sie sich schon selbst entlassen wollte. Also kann es net so schlimm sei. Was kann ich denn sonst noch mache? Wenn Ihr jetzt wisst, wer der Täter war, muss ich net weiter Richtung Narrenvereine und alternative Szene in Geislingen recherchiere, oder?«
»Nein, nein, die Narren sind völlig unbeteiligt. Die hatten damit nichts zu tun, im Gegenteil. Die Beate Straub hatte ihren Spaß dort und wurde deshalb von ihrem Mörder, aber auch von dieser ganzen Sekte als Abtrünnige betrachtet. Und die Szene in Geislingen ist sowieso raus.« »Was für en Scheiß. Die ganze Fasnet isch doch Lebensfreude pur, und dann gibt es Mensche, die des andere Mensche et gönnet. Na ja, Toleranz, lebe und lebe lasse, fällt manche offensichtlich immer schwerer. Brauchst Du nur dieses kriminelle Pack in der AfD anschaue, die angeblich für Deutschland send und dann Kohle aus Russland und China abkassieret.«
»Irene, ich gebe Dir völlig recht, aber darüber reden wir ein anderes Mal, ich muss jetzt erstmal den Metzger festnageln und den Karg finden. Grüß die Doreen und ich besuche sie, sobald ich kann.«

szene 51

Mäder war in seinem Element: »Herr Metzger, mein Kollege Schneider hier hat Ihren Mitarbeiter Karg als Mörder der Leiche, die in Ihrem ehemaligen Haus gefunden wurde, ermittelt. In einem weiteren Haus von Ihnen in Geislingen wurde der Wirt ermordet. Dem Wiesensteiger Mörder verhelfen Sie zur Flucht. Was soll mich jetzt daran hindern Sie auf der Stelle festzunehmen?«

Mit einer Mischung aus süffisantem und gequältem Lächeln entgegnete der Immobilienunternehmer: »Ganz einfach, mein Anwalt. Auf Ihre abstrusen Anschuldigungen werde ich bestimmt nicht persönlich antworten.«

»Ihr Anwalt kann dann gerne zu uns aufs Kommissariat kommen. Sie sind erstmal vorläufig festgenommen.« Mäder wandte sich an Schneider, nickte ihm anerkennend zu und sagte »Gute Arbeit für einen Provinzpolizisten.« Schneider antwortete lakonisch »Mäder, Du bist und bleibst ein Arsch. Hast Du jetzt wenigstens was wegen der organisierten Kriminalität gegen ihn an der Hand?«

Keine Antwort, sie fuhren aufs Göppinger Kommissariat in der Schillerstraße und Schneider ärgerte sich, dass sie Metzger nicht gleich intensiver nach Karg gefragt hatten. Auch wenn er in Begleitung von Metzger schon öfters in Spanien gewesen sein mochte, er war wohl eher der heimatliche Typ. Wo würde er sich verstecken, oder hatte ihn Metzger beseitigt?

szene 52

Doreen Zoschke hatte genug davon im Krankenhaus zu sein. Ihr Schädel brummte zwar noch etwas, aber sie wollte jetzt nicht in der entscheidenden Phase ihres ersten wichtigen Falles an ihrer neuen Wirkungsstätte faul im Bett herumliegen. Irene Bechtle hatte sie auf den aktuellen Stand gebracht und nach einem kurzen Telefongespräch mit Schneider, oder Jochen, wie sie ihn für sich jetzt doch endlich nannte, war ihr klar der Karg, dieser kranke Typ, der sie niedergeschlagen hatte, würde nicht so ohne weiteres ins Ausland fliehen können. Die Flughäfen waren dicht für ihn, sein Auto war bekannt, und auch wenn der Metzger sehr wahrscheinlich über den Abschied von ihm gelogen hatte – vermutlich war er noch in der Gegend.

Wo könnte er sein? Nach Hause würde er sich bestimmt nicht trauen. Die Straubs standen wohl unter Beobachtung, oder doch nicht? Auf dem Gelände der Bauunternehmung gab es genügend Möglichkeiten sich kurzfristig zu verstecken. Und letztendlich war der alte Straub zumindest ein Mitwisser, wenn nicht gar Mittäter, also würde er ihm vermutlich helfen. Oder war sogar etwas an dem Gedanken von Jochen Schneider, der Metzger im Verdacht hatte Karg loswerden zu wollen.

Doreen überlegte kurz, und rief dann etwas unsicher Sven Schöttle an. »Sven, sorry, wenn ich Dir aus dem Weg gegangen bin. Ich weiß, ehrlich gesagt nicht, was ich mit unserer Nacht anfangen soll. Aber jetzt geht es um etwas ganz anderes. Du musst mir helfen. Ich bin in Geislingen im Krankenhaus und muss hier raus. Meine Kleider sind wohl bei Euch in der Forensik wegen der DNA-Proben und ich habe nur diesen bescheuerten Patientenumhang an und will nicht mit dem nackten Arsch hier rauslaufen. Besorgst Du mir etwas zum Anziehen, meinetwegen auch von Deiner Frau? Ich muss hier wirklich raus.«

»Boah Doreen, jetzt auf einmal meldest Du Dich wieder? Aber ja, ok, ich helfe Dir, ich komm vorbei und bringe Dir was zum Anziehen mit. Auch wenn ich Deinen nackten Po aus eigener Erfahrung sehr attraktiv finde.«

»Sven, das ist jetzt echt nicht der richtige Zeitpunkt. Ich muss den Mörder von Beate Straub finden und ich glaube, dass ich weiß, wo er ist. Kommst Du bitte?«

Sie überlegte kurz, ob sie Schneider anrufen sollte, entschied sich zunächst dagegen, ihre Idee war schon sehr spekulativ, aber falls sie stimmen würde, hätte sie ihren Wessikollegen gleich mal gezeigt, wo die Harke hängt.

Scheiße Doreen, sagte sie zu sich selbst, das ist total unprofessionell und genauso machohaft, wie Du es Deinen Kollegen immer vorwirfst. Sie wählte Schneiders Nummer.

»Jochen, ich halte es im Krankenhaus nicht mehr aus, ich muss was tun. Ihr habt den Metzger, oder? Der weiß, wo der Karg ist, da bin ich mir sicher. Ich spreche jetzt mit der Straub. Sie wusste wohl tatsächlich nicht so viel, und hat sich endlich kooperativ gezeigt, bevor ich zum Karg ins Büro ging.«

»Ja, von wegen, die hat den Karg gewarnt. Deshalb war er ja auf Dich vorbereitet und hat Dich niedergeschlagen.

Du fährst da jetzt nicht alleine hin, schon weil Du nicht fahren solltest. Verstanden? Ich vernehme gleich den Metzger und dann komme ich und hole Dich ab!«

szene 53

Als Jochen Schneider in der Schillerstraße angekommen war, nahmen er und Mäder Metzger mit in den Verhörraum. »Ihr Anwalt wird sicher gleich da sein, aber Sie können ganz unabhängig von ihm Ihre Situation erheblich erleichtern, wenn Sie uns jetzt sagen, wo der Karg ist. Sie haben mit ihm lange Jahre zusammengearbeitet und ihm zur Flucht verholfen. Wo ist er? Unabhängig von den Ermittlungen gegen Sie wegen Geldwäsche – hier geht es um Mord. Und wenn Sie da drinstecken, sind Sie wegen Beihilfe dran. Sie haben den Karg doch schon jahrelang gedeckt – also reden Sie endlich!« »Herr Kommissar, Sie wiederholen sich. Ich habe nichts damit zu tun und Ihnen deshalb auch nichts zu sagen.« »Du aalglattes Arschl.....« Mäder fiel Schneider ins Wort: »Jochen, lass es. Aus dem kriegen wir so nichts raus. Aber, Herr Metzger mein Kollege Schneider hat völlig recht, Sie hängen da mit drin. Und ich spreche noch gar nicht von Ihren Aktivitäten im Bereich der Geldwäsche und sondern wahrscheinlich sogar direkter Beteiligung an einem Mord, wir kriegen Sie dran. Da kann Sie auch Ihr halbseidener Anwalt nicht raushauen.«

»Wer ist hier halbseiden? Ich muss schon bitten, ich bin ja vom LKA einiges gewohnt, aber das geht zu weit.« »Oh, Herr Steinhauer, haben Sie schon mal was von anklopfen gehört?« »Dr. Steinhauer, bitte, so viel Zeit muss sein. Und ja, ich kenne die Regeln. Sie haben das Verhör meines

Mandaten ohne meine Anwesenheit begonnen. Das ist absolut inakzeptabel! Ich werde mich jetzt erstmal mit Herrn Metzger beraten, und Sie verlassen jetzt bitte diesen Raum und denken nicht im Entferntesten daran unser Gespräch mitzuhören.«

Schneider war stinksauer. »Mäder, der flutscht uns aus den Händen. Den kriegen wir so nicht dran. Aber ich muss jetzt vor allem wissen, wo der Karg ist.« »Ja, ok, kümmere Dich jetzt erstmal um Deinen Fall und dann machen wir weiter.« Mäder schien es ganz recht zu sein, dass Schneider andere Prioritäten hatte als er. Die Aufklärung des Mordes in der Pizzeria in Geislingen war offensichtlich noch nicht weitergekommen, und Schneider wusste aus eigener Erfahrung, wie kompliziert die Ermittlungen im Mafiamilieu waren.

szene 54

Doreen Zoschke hatte die Warnungen von Jochen in den Wind geschlagen und war inzwischen wieder in Deggingen vor dem Haus der Straubs angekommen. Mit sehr gemischten Gefühlen betrat sie das Gelände, wo sie zwar einen Mordfall aufgeklärt hatte, aber von dem Mörder niedergeschlagen worden war und ihn nicht hatte verhaften können.

»Frau Straub, Sie wissen was passiert ist. Sie haben Johannes Karg gewarnt, damit er mich niederschlagen konnte und ihm damit auch zur Flucht verholfen. Das wird nicht ohne Konsequenzen für Sie bleiben. Ihre einzige Chance auf mildernde Umstände ist, dass Sie mir jetzt sagen, wo wir Karg finden können.«
»Oh je, Frau Kommissarin, des wollt i doch net. Und jetzt, wo mir ihr Kollege des alles erzählt hot, des tut mir echt leid. Könnet Sie mir des verzeihe?« »Weiß ich nicht, aber wie gesagt, Sie können sich am meisten helfen, wenn Sie jetzt endlich aufhören zu lügen und mithelfen den Mörder Ihrer Tochter zu finden. Wo ist Johannes Karg?«

»Der Metzger hot a Ferienhaus auf der Alb en Westerheim, da hent sich die Männer öfters troffe, wenn Se was bespreche wolltet.« »Und wie finden wir das?« Zoschke konnte gerade noch die Frage stellen, als ihr Handy klingelte und sie sah das Jochen Schneider anrief. »Ja, Du das ist jetzt ganz schlecht, der Karg ist wohl irgendwo in Westerheim und ich bin gerade dabei herauszufinden, wo genau er ist.«

»Nein, lass gut sein, wir haben gerade von den Kollegen die Nachricht bekommen, dass da einer auf der neuen Bahnbrücke zwischen Mühlhausen und Wiesensteig steht und springen will. Das ist, so wie es auf den Überwachungskameras aussieht, der Karg.«

»Scheiße! Hol Du seine Frau, ich komme mit Frau Straub.«

szene 55

Herr Karg. Ich bin Doreen Zoschke von der Kripo, die Frau, die sie niedergeschlagen haben. Mir geht es gut, alles ok. Hier sind Ihre Frau und Frau Straub, die mit Ihnen reden wollen.« Zoschke, die sich mit ihrer Höhenangst auch am Rand der Brücke unwohl fühlte, gab den Lautsprecher an die Frau von Karg weiter. »Johannes, wir haben vier Kinder. Egal was Du gemacht hast, Du bist ihr Vater und für sie verantwortlich. Komm jetzt bitte hierher zurück.« Die alte Frau Straub griff sich das Megaphon von der verzweifelten Elisabeth Karg und hatte plötzlich Energie in ihrer Stimme: »Johannes Karg, hier spricht Maria Straub. Du kommscht jetzt sofort zu uns her und stellscht Dich Deiner Verantwortung. Willscht Du Dich so billig davon stehle? Und ich will von Dir wisse, was mein Mann mit dem Tod von Beate zu tun hatte. Also sei koi Feigling – komm her!«

Karg, der sich in circa 100 Meter Entfernung auf der insgesamt über 400 Meter langen Brücke vom Rand auf der südlichen Seite befand, reagierte nur langsam, drehte sich mehrmals um und sank dann in sich zusammen.

Jochen Schneider ahnte Schlimmes. »Scheiße, und wer holt den jetzt?« Doreen Zoschke sofort »Also ich mach es nicht, mir ist jetzt schon schwindlig.« Die Bauarbeiter, die mit den Abschlussarbeiten beschäftigt waren und ihnen den Zugang zur Brücke ermöglicht hatten, konnten logischerweise auch nicht damit beauftragt werden. Schneider fluchte vor sich hin »Bis die Spezialisten aus Göppingen oder weiß der Teufel, wer dafür zuständig ist, da sind, springt der doch noch. Oinr isch halt emmr dr' Arsch« und marschierte los, rief noch zurück: »Aber die Strecke ist schon gesperrt, oder? Nicht dass mich noch ein ICE erwischt, auch wenn die immer Verspätung haben.«

Als Schneider 15 Minuten später mit dem in sich zusammengefallenen Johannes Karg im Arm zurückkehrte und ihn in die Obhut der uniformierten Kollegen übergeben hatte, ließ er sich erstmal fallen und verlangte, obwohl er seit über 20 Jahren Nichtraucher war, nach einer Zigarette. »Was für ein Scheiß. Wie kommt der überhaupt auf die Brücke?« Frau Straub, die immer noch in der Nähe stand, konnte weiterhelfen. »Wir waren Subunternehmer bei kleineren Aushilfsarbeiten, da war der Johannes öfters auf der Baustelle.« »Mannomann, mein Adrenalinbedarf ist für heute gedeckt. Wir gehen jetzt alle nach Hause und morgen halten Sie beide, meine Damen, sich zur Verfügung.

Komm Doreen, wir gehen jetzt ins Clochard. Nein, shit, ist ja noch nicht auf. Also doch noch ins Büro.«

szene 56

Nachdem Schneider und Zoschke ihre Protokolle geschrieben und diese punktgenau zur Öffnung des Clochards abgeschlossen hatten, bestellten sie sich dort erstmal eine doppelte Runde Bier und Clochard Shots. Geli, die ihren Jochen kannte, hatte Nachsicht. »Ihr habt wohl einen harten Tag hinter Euch? Du bist die Doreen, die neue Kollegin, oder? Benimmt er sich einigermaßen ordentlich?« »Dein Jochen ist ein Held, Du kannst stolz auf ihn sein! Und er hat sich heute wirklich einige Shots verdient!«

Geli war verblüfft. »Hatten wir zwar anders vereinbart, vor allem nach der letzten Zeugenbefragung hier, aber anscheinend sind das besondere Umstände. Was war los? Ah, schaut, da kommen ja noch Euer Kollege Sven und die Irene.«

Oh mein Gott, dachte Doreen, aber sie musste Sven natürlich dankbar sein, dass er sie aus dem Krankenhaus gerettet hatte.

»Na Ihr Helden. Starke Aktion heute auf der Brücke, vor allem von Dir Jochen. Hätte ich Dir bei Deiner Höhenangst gar nicht zugetraut!!

»Was Du auch? Und dann bist Du trotzdem raus auf die Brücke?« Doreen war platt und Geli, die natürlich mitgehört hatte, fuchsteufelswild. »Sag mal spinnst Du? Mit mir wird Dir schon auf der Bettkante schwindlig und dann bist Du derjenige, der auf diese verdammte Brücke geht?«

»Naja, manchmal muss ein Mann auch Männerdinge tun« antwortete Schneider etwas lahm.

»Bist Du nach einem Shot schon völlig weggeschossen? Jochen, wir sprechen uns später!« Geli blickte ihn ratlos, wütend und auch verzweifelt an.

Sven Schöttle entschuldigte sich. »Sorry, ich wollte hier keine Unruhe stiften, sondern eigentlich zur Aufklärung des Fasnetsmords gratulieren. Gute Arbeit!«

»Ja danke, Du siehst ja was Du angerichtet hast. Gibt es denn wenigstens Neuigkeiten beim Pizzamord, wenn wir schon von der Arbeit reden müssen?« Schöttle, der seinen Blick kaum von Doreen abwenden konnte, erwiderte kurzangebunden. »Nichts, nada, niente, wie meine Fernsehkollegen zu sagen pflegen. Und aus Stuttgart, also vom LKA habe ich nichts gehört.

Aber Jochen, Du warst doch mit Deinem Freund Mäder in Göppingen?«

»Ja, aber da hatten wir gerade andere Sorgen. So, Schluss mit dem ganzen Scheiß, wer zahlt die nächste Runde?«

Der Abend verlief dann ganz friedlich, Schöttle machte mehrere Anläufe bei Doreen, kam aber über Small Talk nicht hinaus und begriff, dass er sich vielleicht doch einmal Gedanken über seine Ehe machen sollte. Schneider wunderte sich über Geli's unerwartete Nachsicht, bis sie nach einem kurzen Gespräch mit Doreen Zoschke plötzlich ‚Oinr isch emmr dr Arsch' von Schwoißfuaß, der schwäbischen Kultgruppe aus den achtziger Jahren auflegte. Aber immerhin grinste sie ihn an, und Schneider erwischte sich beim Gedanken, dass Frauen doch mutige Männer bewundern. Der Niederschlag kam umgehend: »Du weißt schon, warum ich den Song aufgelegt habe? Weil ich echt nicht will, dass Du, statt es den dafür ausgebildeten Kollegen zu überlassen, den Helden spielst und mich alleine lässt. Dafür wirst Du vier Wochen lang büßen. Comprendes, verstehst Du mich, hoscht mi?«

szene 57

Irene Bechtle, die sich bewusst frühzeitig aus dem Clochard verabschiedet hatte, musste am nächsten Morgen schon etwas auf die mitgenommenen Helden warten. Kaffee, Butterbrezeln und einige neue Informationen warteten auf Schneider und Zoschke. »Der Mäder musste den Metzger wieder laufen lassen, aber das war ja schon gestern klar. Der Karg wartet im Verhörraum auf Euch und der Straub steht auch bereit. Den haben die Kollegen heute morgen schon aus Göppingen gebracht. Mit wem fangt Ihr an?« »Na ja, zunächst mal mit dem Karg, oder Doreen?«

»Herr Karg, was war das denn gestern? Erst schlagen Sie mich nieder, dann fliehen Sie zu Ihrem Komplizen Metzger und dann wollen Sie von der Filstalbrücke springen. Erklären Sie uns das mal, ja?«
Karg, ein Häufchen Elend am anderen Ende des Tisches druckste herum. »Ich weiß gar nicht, was ich sagen soll. Sie haben ja eh schon alles rausgefunden.« Schneider antwortete kurzangebunden. »Das mag sein. Aber wir wollen es von Ihnen hören.« »Was denn?« »Meine Güte! Sie haben die Beate Straub umgebracht, sie in ihrem Elternhaus eingemauert und dann jahrelang mit dem Metzger krumme Geschäfte gemacht. Also hören Sie auf, sich so naiv zu stellen, ja? Erzählen Sie uns Ihre Geschichte, das ist auch die einzige Möglichkeit, dass Sie Ihre Kinder jemals in Freiheit wiedersehen können.«

Karg war ein gebrochener Mann. Er erzählte, wie er am Faschingsmontag vor der Turnhalle in Wiesensteig ewig lange gewartet hatte. Endlich kam Beate Straub raus und verabschiedete sich zusammen mit ihrem Freund, diesem Schindler, knutschte aber noch ewig lang mit rum.»Dann bin ich ihr gefolgt und habe sie zur Rede gestellt. Ihre Eltern hatten sie mir versprochen. Ich konnte doch nicht akzeptieren, dass sie mit einem anderen rummacht, oder?«
Zoschke rollte mit den Augen und fragte ihn.»Sie waren doch mit dem Vater Straub vor der Turnhalle, war der da auch noch dabei?«»Nein, oder ja doch, der hat das schon auch noch gesehen.«»Und dann?«»Da hat er gesagt, ich soll jetzt endlich mal ein Mann sein, sie zur Vernunft bringen und ist verschwunden. Ich bin ihr gefolgt und habe irgendwann endlich den Mut gefunden sie anzuhalten. Aber die Beate hat mich nur ausgelacht. Was so ein Würstchen wie ich von ihr wolle. Ich solle mich nur mal anschauen, die hat mich nur beleidigt.«»Und deshalb haben Sie sie umgebracht?«»Ich wollte das doch nicht, aber sie hat mich so in Wut gebracht, dass ich mich wehren musste.«»Was heißt hier Sie mussten sich wehren? Beate hat nichts von Ihnen wissen wollen und dann haben Sie sie totgeschlagen? Das nenne ich ja wirklich christlich gehandelt!« Zoschke war zutiefst empört und Schneider übernahm:»Was haben Sie getan? Wie haben Sie Beate umgebracht?«»Ich weiß es doch nicht mehr. Ich war völlig von Sinnen. Sie hat mich so wütend gemacht, dass ich nicht mehr wusste, was ich tat.«»Und dann Herr Karg, was haben dann gemacht? Wie haben Sie Beate in das Haus der Straubs gebracht und dort eingemauert?«

»Sie ist ja nicht entlang der Hauptstraße zurückgegangen, sondern am Bären vorbei, durchs Gräble, da geht ja sonst niemand. Da war es nicht mehr weit zur Seltelstraße. Der Herr Straub war noch wach und hat mir geholfen sie dort abzuholen.«

»Abzuholen? Das soll heißen ihre Leiche abzutransportieren? Meine Güte, was für Menschen sind Sie? Ist es für Sie normal, dass man eine Frau umbringt, weil sie nichts von dem Mann wissen will? Wie ist es umgekehrt, darf eine Frau einen Mann umbringen, wenn er nichts von ihr will?« Doreen Zoschke wusste, dass sie sich wieder nicht professionell verhalten hatte, aber diese Gefühlslosigkeit, diese totale Intoleranz anderen gegenüber, erinnerte sie zu sehr an ihre Vergangenheit in Zwickau. Warum konnten manche Menschen nicht akzeptieren, dass andere Personen anders fühlten, dachten, einfach anders waren und ihren eigenen Plan hatten? Wer gab ihnen das Recht darüber zu urteilen?

Schneider spürte, wie angespannt Zoschke war und griff wieder ein. »Und dann haben Sie zusammen mit Straub die Leiche von Beate ins Haus der Straubs geschleppt und dort eingemauert?«

»Der hatte ja damals das Haus bereits an den Metzger verkauft und vereinbart es zu modernisieren. Ich war da seit zwei Wochen beschäftigt. Im oberen Bad war Baustelle, da kam von der Familie niemand hin…«

szene 58

Leute ich komme mir vor wie zuhause im Osten. Dieselbe Scheiße und Aggression. Da bringen die ein junges Mädchen um, nur weil sie anders ist und nicht einen Arsch heiraten will, den sie verabscheut. Das halte ich nicht aus. Wo ist der Unterschied zwischen den Nazis und diesen Fundamentalisten? Wahrscheinlich gibt es gar keinen. Die sind sich total ähnlich und haben keinen Respekt vor anderen Menschen. Warum ist ein Mann mehr wert als eine Frau? Warum soll ein Weißer besser sein als ein Schwarzer? Ich weiß wirklich wovon ich rede, dieses hasserfüllte Gesocks bei mir zuhause, die echt nicht begreifen was in der Welt passiert. Aber immer bei den Schwächeren den Schuldigen finden. Die sind genauso drauf wie diese islamistischen Fundamentalisten für die Frauen nichts wert sind.«

Irene Bechtle versuchte Doreen zu beruhigen. »Du hast natürlich recht. Das ist wirklich schlimm. Ich weiß auch nicht, was ich sagen soll. Und mich macht das verrückt, das in einigen Orten hier die AfD 20 Prozent bekommt, die Leute merken gar nicht wie sie verarscht werden. Und dass es diese Fundamentalisten gibt, die wahrscheinlich meist auch diese Typen wählen. Aber ganz ehrlich, Du hast doch schon in den wenigen Wochen, die Du hier bist, gespürt, dass die Mehrheit von uns vernünftig und tolerant ist, dass wir wissen, dass wir alle Menschen sind. Boah, sorry wenn ich jetzt pathetisch klinge.«

Schneider, dem politische Diskussionen unangenehm waren, fühlte sich bemüßigt einzugreifen. »Meine Damen, wir sind gerade dabei einen Mordfall abzuschließen. Bitte lasst Eure Befindlichkeiten erstmal beiseite. Der Straub wartet und wir haben jetzt handfeste Beweise, dass er beteiligt war. Dass er schon immer wusste, was mit seiner Tochter passiert ist.« Bechtle war empört. »Jochen, Du kannst das jetzt nicht trennen.« »Doch, kann ich. Auch wenn Du recht haben magst. Aber wir sind hier die Kripo und klären Verbrechen auf und sind nicht dafür da, die Gesellschaft zu verbessern.«

szene 59

»Herr Straub, wir verhaften Sie wegen der Beihilfe am Mord an Ihrer Tochter Beate. Herr Karg hat gestanden. Was können Sie dazu beitragen?«
»Eine Hure weniger auf dieser Erde. Mehr habe ich nicht zu sagen!« »Moment mal, so billig und so menschenverachtend kommen Sie uns nicht davon. Sie haben Ihre Tochter mit Ihrem Mittäter Karg aus dem Gräblesweg in Ihr Haus geschafft und dort hinter einer Rigipsmauer in Ihrem Bad entsorgt. Ich will einfach nur wissen, was in Ihnen vorgeht, die Tat an sich ist bewiesen. Sie wollen ein Christ sein, und dann decken, nein unterstützen Sie aktiv den Mord an Ihrer eigenen Tochter? Wann ist denn ein Menschenleben für Sie etwas wert? Nur dann, wenn es nach Ihren Prinzipien geht?

Ich bin jetzt nicht wahnsinnig religiös, aber die Bergpredigt kann ich jederzeit unterschreiben. Geht es da nicht um Sanftmut, Feindesliebe, Demut und Barmherzigkeit? Was davon ist falsch und was ist Ihnen offensichtlich völlig egal daran? Sie bezeichnen sich als die wahren Christen und missachten doch die wichtigsten Glaubensregeln des Gründers Ihrer Religion.

Sie haben Ihre Tochter auf dem Gewissen, und dafür werden Sie den Rest Ihres Lebens im Gefängnis verbringen.« Da Straub weiterhin nur schwieg, wandte er sich an den uniformierten Kollegen. »Jan, bringst Du Herrn Straub in seine Zelle?«

Schneider war von sich selbst verblüfft. Ein solcher Ausbruch war nun wirklich nicht seine Art. Aber vielleicht hatte das nicht nur mit Straub zu tun. Die Welt war in den letzten Jahren aus den Fugen geraten, und er hatte versucht das zu ignorieren, und in seinem behaglichen Umfeld einfach so weiterzuleben.

Aber wahrscheinlich war es an der Zeit sich zu entscheiden und aktiv Stellung zu beziehen. Doreen hatte natürlich recht und auch er musste etwas tun. Egal wohin man schaute, die Intoleranz und der Egoismus wurden immer stärker. Aber jetzt brauche ich erstmal ein Weizen, dachte er und schaute auf die Uhr.

szene 60

Wieder mal Clochard. »Doreen, Du bleibst schon bei uns, oder? Ich kann mir Dich so gut als Filstal- oder als Mühlenhexe vorstellen«. »Haha, sehr witzig, wer weiß, aber schön, dass du fragst. Irene hat ja schon ein Plädoyer für Euch Schwaben geliefert. Wenn Du jetzt noch Deinen Arsch in die Hose kriegst, könnte ich mir das überlegen. Und wenn wir an der Mafia und dem Mord an Moltieri dranbleiben. Und Du Fahrrad fährst! Und Du nicht so chauvimässig drauf bist! Und Du mir schwäbisch beibringst. Und Du nicht so gleichgültig bist, was auf der Welt passiert.«

»Darüber lässt sich reden! Und das mit der Mafia, da kannst Du Gift drauf nehmen! Ich garantiere Dir, der Metzger wird hier keinen ruhigen Tag mehr haben!«

EPILOG

Willy Waitzl hatte tatsächlich Kai Stenzel beim Tennis besiegt. Nicht im Einzel, aber im Doppel. Mit seinem Partner Joachim Weber hatte er das eigentlich total überlegene Team Stenzel und Reichert mit 7:5 und 6:1 in Grund und Boden gespielt.

Als sie später beim Wirt Mete im Vereinsheim in Gosbach saßen und ihre Weizenbiere und das leckere Köfte genossen, musste Waitzl kurz an diesen verhängnisvollen Anruf vor wenigen Wochen denken.

»Leit, oas kann i eich soagn. Vor 6 Uhr nehm i koan Anruf mehr an!!!!«

Fortsetzung folgt!

Impressum

© messidor verlag GbR

Lektorat: Jenny Weser, Berlin
Layout und Satz: Rüdiger Hamann, Genf
Titelfotografie: Jonas Rehm, Bildwerk 89 Fotostudio
Fotos Masken: Wolfgang Staudenmaier, Bad Ditzenbach
Druck: Opolgraf, Poland

ISBN: 978-3-942-56154-9